Le Valigie di Auschwitz

Vincitore del Premio letterario
Il Battello a Vapore 2010

www.battelloavapore.it

Progetto grafico: Clara Battello
Editing: Chiara Fiengo
Impaginazione e redazione: Paola Gerevini

I Edizione 2011

20145 Milano - Via Tiziano, 32
www.edizpiemme.it - info@edizpiemme.it

Stampa: Mondadori Printing S.p.A - Stabilimento NSM - Cles (TN)

Daniela Palumbo

Le valigie di Auschwitz

Illustrazioni di
Clara Battello

PIEMME

A Sofia, Eleonora, Alba

Auschwitz è sempre dentro di noi.
Io non ho mai smesso un minuto
di ricordare quanto è accaduto.
All'inizio ho tentato di raccontare, ma ho smesso subito.
Il nostro più grande desiderio, il nostro bisogno,
era dire a tutti quello che ci era successo,
ma ci siamo subito accorti che la gente non voleva ascoltare
e soprattutto non poteva credere.

Goti Bauer

(Tratto da Daniela Padoan,
Come una rana d'inverno, Bompiani)

Prologo

Tu sai chi è un testimone? Un testimone è una persona che conosce un fatto perché lo ha visto o vissuto.

In questo libro racconterò una storia, anzi più storie, di ragazzini che sono esistiti tanti anni fa, quando io non ero ancora nata. Dunque non sono una testimone delle loro storie. Ma ho saputo dai libri, dai racconti scritti di chi ha vissuto i fatti. Ho saputo che c'è stato un tempo in cui i bambini venivano costretti a partire con una valigia riempita in fretta, per una destinazione che non conoscevano, e non facevano ritorno a casa. Mai più. Da allora, nei miei ricordi, ci sono anche questi bambini, le loro storie mi riguardano. Anche se non li ho mai conosciuti.

Uno scrittore che si chiama Paul Auster ha scritto che *la memoria è un luogo, un luogo reale che si può visitare*. Il luogo che conserva la memoria di quei bambini e delle loro piccole valigie si chiama Auschwitz, e si può visitare. Iniziamo da lì.

I nazisti costruirono il campo di sterminio di Auschwitz, nella piccola cittadina di Oświęcim, in Polonia. Era il 22 maggio 1940. Il campo fu realizzato per uno scopo: cancellare gli ebrei. Sterminarli.

Perché?

Perché erano ebrei.

Oggi il campo di sterminio, che in tedesco si chiama *Vernichtungslager*, è diventato un museo.

Io ci sono stata. È un luogo buio... Immagina un posto in cui la gioia, i sorrisi, gli abbracci e gli scherzi non sono mai entrati. Un luogo in cui anche il sole, quando si affaccia dentro le stanze dalle grandi finestre, non riesce a cancellare la gelida oscurità che è rimasta attaccata ai muri e ai soffitti. Come una polvere sottile l'oscurità è penetrata in ogni fessura di Auschwitz. Non se ne andrà più.

Prologo

Nella stanza numero 4 del blocco 5 c'è un lungo vetro che separa il visitatore da migliaia di valigie ammassate l'una sull'altra. Una montagna di borse vuote, tutte diverse: vecchie, rotte, strette, larghe, rattoppate, di cartone, eleganti, di stoffa, di pelle…

Quando si entra in quella stanza, si resta immobili a guardare le valigie. Su tutte ci sono scritti un nome, un cognome e un indirizzo.

Ce ne sono di piccole e di grandi. Ma non è la misura della valigia a raccontare se la speranza che trasportava era grande o piccola.

Una speranza è una speranza. Punto. E una valigia è il posto giusto per conservarla. Perché c'è spazio per andare, e per tornare. Di solito è così che funziona. Ma non per questa storia, non per quelle valigie.

I soldati nazisti rubavano gli ebrei alle loro case e li portavano via. Alcuni mentre dormivano, altri mentre mangiavano, studiavano, giocavano, suonavano… Dicevano loro che sarebbero stati via a lungo ma che avrebbero fatto ritorno a casa. Per ingannarli gli facevano preparare una borsa per il viaggio, ma se qualcuno chiedeva dove erano diretti, i tedeschi non rispondevano.

Come fai a preparare una valigia se non sai dove stai andando? Non puoi sapere ciò che ti occorrerà.

Allora, per non sbagliare, gli ebrei mettevano un po' di tutto nella borsa: pentole, giochi, scarpe, bambole, quaderni, violini, vestiti, soldi, spazzole, flauti, pettini, gioielli, carte, fogli, matite, colori, fotografie, diari, coperte, pane... Gli oggetti cari, le cose di tutti i giorni. Quelle stesse che avrebbero rimesso in valigia anche nel viaggio di ritorno, verso casa. Dopo un po' di tempo, però, avevano iniziato a capire che sarebbe stato difficile, perché nessuno era mai tornato indietro da quel viaggio.

A decidere che gli ebrei dovevano essere sterminati nei campi di concentramento era stato Adolf Hitler.

Un giorno Hitler disse: *L'ebreo è colui che avvelena tutto il mondo. Se l'ebreo dovesse vincere sarà la fine di tutta l'umanità, allora questo pianeta sarà presto privo di vita.*

Prologo

Gli credettero in milioni.

Perché?

Perché Hitler disse loro che erano più forti di tutti e, se gli avessero obbedito, avrebbero dominato il mondo.

Chiusero gli occhi, chinarono la testa. Obbedirono.

E costruirono *Vernichtungslager* in tante città dell'Europa. E uno di questi campi di sterminio è Auschwitz.

Gli ebrei venivano portati ad Auschwitz in treno. Ma erano treni "speciali": non c'erano sedili come quando si va in gita e si ascolta la musica, si legge e ogni tanto si guarda fuori dal finestrino per sognare. No. Per gli ebrei, i tedeschi usavano i vagoni merci dove normalmente venivano trasportati gli animali. Le persone dovevano restare in piedi, una attaccata all'altra, senza acqua né cibo, per giorni. Senza poter scendere, senza potersi lavare, senza poter andare in bagno. Sul treno morivano in tanti perché quel viaggio era pensato per non far tornare a casa nessuno. Eppure, per quella corsa di sola andata, i nazisti facevano pagare un biglietto.

Quelli che riuscivano ad arrivare ad Auschwitz scendevano dai treni e trovavano ad aspettarli i nazisti che li picchiavano e gli urlavano contro.

Poi i soldati spingevano i bambini, le donne, i vecchi e gli uomini che non erano abbastanza forti per lavorare in uno stanzone e li facevano spogliare spiegando che avrebbero fatto la doccia.

Prima, però, gli facevano scrivere i loro nomi sulle valigie, così le avrebbero ritrovate: un'ultima cattiveria dei soldati nazisti che volevano far credere alle persone che dopo la doccia gli sarebbero stati restituiti gli effetti personali. Non tutti davano credito a quelle promesse, ma scrivevano ugualmente i loro nomi, i cognomi, il luogo di provenienza: ovunque fossero precipitati, volevano che restasse scritto che erano esistiti.

Dopo, uomini, donne e bambini venivano inghiottiti in una stanza dove da alcune piccole fessure entrava un gas che li uccideva in pochi minuti. Fuori, intanto, i tedeschi prendevano tutto quello che c'era nelle valigie e lo tenevano per loro, oppure lo mandavano in Germania: niente andava sprecato. Le borse vuote erano gettate dentro un grande magazzino.

Oggi quelle valigie sono nel blocco 5, dietro un vetro. E si possono leggere i nomi, i cognomi, gli indirizzi scritti dagli uomini, dalle donne e dai bambini passati di lì. Così nessuno potrà mai dire che quelle persone non sono esistite. Nessuno potrà mai cancellare Auschwitz.

Nel 1945 Hitler perse la guerra. Ma, anche se gli ebrei non furono tutti sterminati, si calcola che ne morirono oltre sei milioni (un terzo degli ebrei d'Europa). Oltre a loro i nazisti uccisero nei campi di concentramento diverse altre categorie di persone: omosessuali, rom, disabili, prigionieri di guerra, oppositori politici... Non c'è un dato preciso, ma si tratta comunque di milioni di persone, fra i sette e gli undici, per un totale che oscilla dunque fra i tredici e i diciassette milioni. Di queste persone sono rimasti gli oggetti che raccontano la loro vita passata: pettini, scarpe, pentole, chitarre, giochi, penne, diari, maglie, bambole, violini, capelli, cappelli, vestiti, pennelli...

Quando ti trovi ad Auschwitz davanti a quel vetro a guardare le valigie abbandonate, ti aspetti quasi di sentire le voci, le risate, di vedere i visi dei bambini. Certe volte non serve conoscere le persone per sentirne la mancanza, basta un nome scritto sopra la valigia di un estraneo, partito su un treno per essere cancellato.

Dietro quel vetro, a me è successo di sentire le voci di Carlo, Hannah, Jacob, Dawid, Émeline... All'inizio erano voci sconosciute e sembravano tutte uguali. Ma ascoltando bene ho imparato a distinguerle e adesso non sono più estranee.

Mi piacerebbe scavalcare il vetro, aprire le valigie con i nomi e cercare la speranza che vi è rimasta dentro. Mi piacerebbe liberarla, sono sicura che tornerebbe a casa.

Carlo

Italia

Il momento magico

– Dai, Carlo, vieni che ne arriva un altro, sbrigati!

Il treno sbuffava come se fosse stanco. Arrivava da Napoli, e fino a Milano erano quasi ottocento chilometri. Erano le sei del mattino. Carlo era alla Stazione Centrale dalle cinque e mezzo. Suo padre Antonio, prima, faceva il ferroviere e attaccava a lavorare all'alba. Spesso la domenica si portava il figlio sui treni. Adesso che gli avevano detto che non poteva più andare al lavoro ci veniva lo stesso con Carlo. Un po' per accontentare il bambino, un po' perché a casa si annoiava. E un po' perché ancora non ci credeva.

Carlo aveva la passione dei treni. La domenica

non gli pesava alzarsi presto al mattino per seguire il padre al lavoro. Invece, nei giorni di scuola, alzarsi era un tormento. E dire che lo svegliavano più tardi rispetto a quando doveva andare sui treni con il suo papà, ma era proprio diverso. Certo, era difficile farlo capire, soprattutto alla mamma.

«Mamma, davvero, quando devo andare con il papà non mi sento così male» diceva Carlo alla madre quando lei si spazientiva a chiamarlo tutte quelle volte.

Aveva sonno dappertutto: dentro gli occhi, dentro la testa, nelle gambe; non riusciva a toglierselo di dosso finché non arrivava a scuola e vedeva Anna, che aveva nove anni e lo sguardo sempre fisso su di lui. Tutti dicevano che erano fidanzati. Carlo si arrabbiava e spiegava che non era vero, lui non l'aveva chiesto a lei di fidanzarsi, e nemmeno viceversa. Invece Anna era decisa. Quando qualcuno sollevava la questione, lei rispondeva: «Per me potremmo anche essere fidanzati, ma deve essere Carlo a chiedermelo».

Siccome lui era timido, il loro fidanzamento ufficiale veniva sempre rimandato. Non che

Carlo fosse dispiaciuto: Anna era simpatica e gli piaceva, ma i suoi occhi erano come chiodi, se li sentiva attaccati addosso e non si staccavano nemmeno con le pinze. E non erano nemmeno fidanzati...

Invece con i treni era diverso. Quelli fischiavano, facevano un rumore pazzesco, ma non mettevano paura.

Se il padre era di turno, la domenica Carlo si alzava prestissimo e lo accompagnava. Lo avrebbe seguito anche di notte, ma la madre non voleva. Diceva che un bambino a quell'ora doveva dormire.

Aveva nove anni Carlo, non si sentiva affatto un bambino! E non avrebbe mai rinunciato a guardare i treni che entravano in stazione: quello era *il* momento magico, l'istante preciso in cui il treno si annunciava con il solo rumore delle rotaie e quel fischio potente. Allora la stazione restava muta, tutto si fermava: le voci, le grida, le risa. Tutto ammutoliva. Silenzio. Carlo scorgeva da lontano il treno che entrava in stazione e lo guardava diventare grande all'improvviso, potente e invincibile. Era un attimo, un millesimo di secondo, ma sembrava eterno. Poi si spezzava l'attesa e tutto tornava come prima. Quell'istante, però, era fenomenale, inarrivabile.

«Dai, mettiti al tuo posto e non disturbare» gli diceva il padre. «Se vedi che non te lo vogliono dare, non insistere, d'accordo?»

«Sì, papà, tranquillo, lo so, lo so.»

Carlo prendeva sempre posto alla fine della carrozza sei. Era stato Antonio a suggerirglielo. «È quella strategica, Carlo, ricordatelo. I passeggeri delle prime carrozze vedono l'uscita a un passo e si innervosiscono se qualcuno si mette in mezzo quando scendono, perché vorrebbero già essere fuori. Dalla sesta carrozza in poi l'uscita diventa distante. Le persone scendono dal treno e sono rassegnate: sanno che devono fare un lungo pezzo di strada per uscire e, se non vanno di fretta per qualche motivo particolare, se la prendono comoda. Tu aspetta e non farti vedere ansioso di fermarli, se no ti evitano.»

Carlo aspettava che si aprissero le porte e poi, ad alta voce, iniziava: «Buongiorno, signora, ha fatto un buon viaggio? Prego, vuole favorire il suo biglietto? Grazie!». Aveva sentito tante volte il padre, prima, dire così quando sul treno controllava i biglietti dei passeggeri.

Sempre la stessa frase, senza sosta. Eppure non diventava mai una cantilena, ogni volta che le parole uscivano dalla bocca di Carlo sembravano nuove. Perché lui ci credeva, si sentiva il capostazione e questo gli piaceva come niente al mondo. Nemmeno gli occhi di Anna avevano lo stesso potere.

I passeggeri reagivano in tanti modi. Qualcuno gli sorrideva senza dargli troppo peso, altri lo guardavano di traverso e tiravano dritto; c'erano quelli che gli allungavano il biglietto senza sorridere e quelli che glielo porgevano con una carezza. C'era chi, distratto, pensava che il bambino chiedesse l'elemosina, e insieme al biglietto gli allungava del denaro. Allora Carlo gli correva dietro per restituirlo, a qualunque costo. Ordini del padre. Anche prima, il papà non voleva che il figlio accettasse il denaro, non era per questo che lo portava con lui. Figurarsi ora: sarebbero stati capaci di denunciarlo. Non si potevano correre rischi. Non più.

Quando anche l'ultimo passeggero si era fatto

ingoiare dall'uscita, Carlo contava soddisfatto il bottino della giornata. Gli era capitato di arrivare anche a cinquanta biglietti. Su ognuno scriveva a penna la data del giorno.

Quando arrivava a casa, li riponeva nel suo cassetto dei biglietti. Nessuno poteva metterci il naso. Una volta la madre aveva visto il cassetto che straripava e lo aveva aperto. Qualche biglietto era caduto a terra e lei, arrabbiata per il disordine, ne aveva buttati un po'.

Carlo quel giorno non aveva mangiato e si era chiuso in camera sua, dove era rimasto per due giorni. Piangeva. Anche papà Antonio teneva il muso alla moglie.

Lei il terzo giorno era andata in camera di Carlo e gli aveva detto: «Ti chiedo scusa. Non toccherò mai più quel cassetto. Però lo devi tenere ordinato. Trova il modo di conservare i tuoi biglietti senza che vadano da tutte le parti. Trovagli un altro posto magari, ma non voglio vederli svolazzare in giro per la casa. Ti prometto che non succederà più se li conserverai ordinati».

Fu una pace giusta. Carlo divise i biglietti in due cassetti.

– Quanti ne hai oggi? – chiese Antonio quel giorno.

– Sono quarantotto, papà. I passeggeri sono tutti in regola, ce ne possiamo andare. A casa gli metto la data di oggi: 15 ottobre 1938.

Tornando indietro il bambino disse al padre: – Papà, non mi hai ancora spiegato perché non ti fanno più andare al lavoro. Tu eri così bravo a farti dare i biglietti da tutti. Ti obbedivano subito, mica come a me...

Glielo aveva chiesto più di una volta e aveva ricevuto sempre la stessa risposta.

– Un giorno te lo spiegherò. È difficile capire per un bambino di nove anni.

L'ultimo giorno di scuola

Carlo andava in quarta elementare. La scuola era iniziata da pochi giorni. Quella mattina il gatto Achille rincorreva le foglie gialle e marroni cadute dagli alberi di quercia nel giardino che circondava le aule. Il vento faceva impennare le foglie all'improvviso e le spingeva lontano. Achille non si dava pace: le spiava e, appena si muovevano, ci si tuffava sopra, convinto di dare la caccia a un topo o a una lucertola. Mentre Achille cercava di catturare il vento, Carlo entrava a scuola per il suo ultimo giorno.

Achille era l'unico animale tollerato da Alfredo Cisco, il severo direttore della scuola Mazzini, un omino basso basso, largo largo, che ogni mattina passava al setaccio tutto l'edificio e sbraitava dietro ad almeno sette bidelli su dieci.

A un certo punto il direttore aveva vietato di portare cibo ad Achille. Bisognava dargli atto che Achille era diventato grasso perché ogni mattina i bambini gli portavano gli avanzi della loro cena e lui non rifiutava mai niente.

Allora il direttore aveva scritto una lunga circolare in cui spiegava che la bidella Assunta avrebbe pensato a dare da mangiare al gatto, ma che sarebbe stata la sola autorizzata: vale a dire che se avesse pizzicato qualcun altro a portare cibo ad Achille, il trasgressore ci avrebbe rimesso una settimana di ferie se era un maestro o una maestra, due settimane di ferie se era un bidello. Se era un alunno, avrebbe rimediato sei giorni di castigo. Da allora nessun bambino aveva più dato nulla al gatto. E nemmeno gli altri, a parte Assunta. L'autorizzata. Una volta che la bidella addetta ad Achille era mancata per tre giorni, Achille aveva digiunato. A Carlo piaceva tanto giocare con Achille, ma la sua mamma non tollerava animali in casa. Peccato, perché a lui i gatti piacevano più dei cani. Ma un divieto è un divieto.

Da quel giorno però per Carlo i divieti diventarono un incomprensibile mistero.

Si presentò a scuola puntuale come sempre. Guai ad arrivare in ritardo, si rischiavano le bacchettate della signora maestra.

Silvana Miele era la novità di quell'anno. Un'amara sorpresa. Il maestro Francesco Sarfatti era venuto il primo giorno della quarta elementare, poi era sparito e al suo posto era arrivata lei.

Silvana Miele (fatalità, si chiamava Silvana come sua mamma!) quella mattina iniziò la lezione come al solito, gridando ai suoi alunni di stare attenti e di non distrarsi. Veramente non volava una mosca in classe, ma lei urlava sempre. Chissà da dove le veniva tutta quell'energia... E sì che era bassa, più del direttore Cisco, che era la metà del suo papà.

Anche il maestro Francesco era piccolino, ma a lui non piaceva urlare. Non ne aveva bisogno. Quando spiegava qualcosa ci metteva sempre una storia dentro. Spesso raccontava di quando era bambino. La storia che a Carlo era piaciuta di più era quella di quando il maestro Francesco aveva otto anni. Il padre aveva perso il lavoro nei campi, così a un tratto in famiglia si erano trovati senza soldi e senza la casa. Erano andati a dormire dalla zia, che preparava tutti i giorni la zuppa di cavolo, e al maestro Francesco l'odore del cavolo ancora adesso faceva venire da vomitare. O di quando la madre analfabeta aveva chiesto a lui, diventato maestro, di insegnarle a fare le operazioni, dato che con l'aiuto della zia e del cognato avevano aperto un negozio di merceria e non sapeva mai quanto resto dare alle clienti. Oppure raccontava del fratello, che era scappato di casa perché i genitori lo volevano far studiare per forza. Alla fine aveva vinto lui e non aveva studiato, ma la voglia di scappare non gli era passata perché stava al negozio di famiglia a fare il commesso con la madre che lo comandava a bacchetta, mentre il padre lo prendeva in giro dicendogli: «Ben ti sta! Somaro!».

Il maestro Francesco mischiava i racconti di casa Sarfatti alla matematica e alla grammatica e non ci si annoiava mai. Non veniva in mente a nessuno di distrarsi e alla fine i ragazzi imparavano anche la grammatica e la matematica. Oltre a un sacco di storie divertenti.

L'ultimo giorno di scuola

La lezione era cominciata da un'ora e Silvana Miele aveva passato più tempo a urlare di non distrarsi che a spiegare la storia... ma poi accadde qualcosa.

Carlo sentì la voce del padre: anche lui urlava... Papà Antonio. Possibile? Poi gli arrivò la voce bassa del direttore. Un misto di autorità e di imbarazzo. Infine la porta si aprì e il direttore parlottò brevemente con la maestra. Lei alla fine mormorò: – Gliel'avevo detto, direttore, che non doveva stare qui...

Poi si rivolse a Carlo. – De Simone, alzati e vai fuori con il direttore –. Basta. Disse solo così, nient'altro. Carlo la guardò per qualche istante senza muoversi, senza capire. Lei si spazientì. – Vuoi sbrigarti? Il direttore sta aspettando! – gli intimò, perentoria.

Mentre usciva, Carlo la vide avvicinarsi al registro e tirare una riga all'altezza del suo nome. Possibile che lo stesse cancellando?

Il ragazzino si affannava a cercare dentro la memoria: certo doveva aver combinato qualcosa di grosso negli ultimi giorni, qualcosa di molto grave... Ma possibile che non se lo ricordasse?

Forse aveva dato del cibo ad Achille. Magari si era distratto e gli aveva lanciato un pezzo di merenda...

«Ma qualcuno si farà uscire la voce?» pensava Carlo. Il direttore taceva, suo padre anche. Non lo aveva mai visto così pallido.

– Vai con tuo padre, De Simone –. Anche lui, il direttore, disse solo queste parole; nemmeno si era sprecato a pronunciare il suo nome, e aveva scandito "De Simone" come se si trattasse di colera. Eppure il direttore Cisco non era cattivo. Anche quando aveva annunciato la partenza del maestro Francesco, era triste perché sapeva che era un bravo insegnante. Ma quel giorno sembrava impacciato, frettoloso.

«Il papà mi spiegherà» pensava Carlo. Cercò di salutare Achille, ma gli sfuggì anche lui. Quella mattina andava tutto storto.

«Chissà che cosa ho combinato» si ripeteva.

Alla fine si decise: – Papà, ma cosa ho fatto? Perché mi hanno cacciato? –. Sì, era inutile stare a girarci intorno. Era stato cacciato. – Chissà cosa ho fatto, non me lo ricordo...

Ormai non riusciva a pensare ad altro.

Poi vide le lacrime di papà Antonio. Era la prima volta che lo vedeva piangere… Ma magari si poteva rimediare. La mamma diceva sempre che a tutto c'è rimedio.

Il papà strinse forte la mano di Carlo. Era come se gli stesse chiedendo di perdonarlo perché lui non poteva proteggerlo.

Antonio smise di piangere. O forse le lacrime erano state inghiottite chissà dove.

– Non hai fatto niente, Carlo, ricordatelo bene, niente. È per il cognome. Tu ti chiami De Simone. Siamo ebrei. Hanno scritto delle nuove regole, si chiamano «leggi razziali»: è vietato a chi è ebreo frequentare la scuola, o lavorare. Il direttore ti ha fatto andare per qualche giorno, ma lo hanno richiamato: deve far rispettare il divieto. Non ci può fare niente. Però non preoccuparti, si stanno sbagliando. Prima o poi lo capiranno e tu potrai riprendere la scuola.

– Chi lo capirà? Chi ha scritto questo divieto?

– Il Partito fascista, sono loro che comandano e decidono le leggi e la vita delle persone in questo momento.

– Ma la maestra dice che i fascisti sono buoni e che dobbiamo seguire tutti i loro comandi…

– Il maestro Francesco non lo credeva, Carlo. E ha detto a tutti che lui non era fascista. Per questo lo hanno mandato via.

– Papà, ma se non lo capiscono che queste leggi razziali sono sbagliate? Capita, sai? A scuola c'è Gemma Anzini che non capisce mai niente. Il maestro Francesco non la sgridava, diceva sempre che prima o poi le sarebbe stato tutto chiaro, ma non è mai successo. Lui è andato via e lei continua a non capire niente. E la maestra Miele le urla sempre dietro…

Ma il padre non parlava più. Non sentiva più. Era da qualche parte dove Carlo non lo poteva raggiungere.

Così lui se ne stette per conto suo, ma le uniche cose a cui riusciva a pensare finivano con un punto interrogativo.

«Ma perché io sono ebreo? E che vuol dire essere ebreo? Che cos'hanno fatto di male gli ebrei se li cacciano dappertutto? Ma questi divieti sono proprio solo per gli ebrei? E io cosa c'entro? Non so nemmeno che vuol dire essere ebreo!»

Anna non c'è

La scuola con Silvana Miele era noiosa, ma senza la scuola i giorni non passavano mai. In classe Carlo riusciva a distrarsi che era una bellezza, invece a casa pensava solo a una cosa: tornare a scuola.

– Mamma, non c'è una scuola che posso frequentare anch'io? Una scuola dove non ci sono le leggi razziali? Se resto ancora tanto tempo a casa, dimentico tutto quello che ho imparato.

– Le leggi razziali sono dappertutto ormai, Carlo – rispose la mamma. – I fascisti hanno lasciato aperte alcune scuole che possono frequentare solo i bambini ebrei, con insegnanti ebrei. Ma sono molto lontane da qui e nessuno può accompagnarti. Non possiamo permetterci neppure un tutore che ti segua negli studi. Le leggi razziali impediscono anche a tuo padre di lavorare, lo sai, e i soldi sono pochi. Lo vedi anche tu che devo alzarmi alle cinque di mattina per andare a pulire le case delle signore ricche. Meno male che tua nonna ci ha lasciato la casa, altrimenti rischiavamo di andare a dormire in strada.

Sembrava un po' nuova questa mamma... Prima non avrebbe mai parlato così. Prima diceva sempre che a tutto c'è rimedio e sorrideva. A pensarci bene, non rideva da un sacco di tempo.

Prima continuava a ripetere che essere gentili con gli altri è la cosa più importante. Adesso sembrava che le parole le tirasse, e quando arrivavano addosso alle persone erano come pietre appuntite, facevano male. Ma lei ne aveva bisogno.

– Mamma, ma i miei compagni di scuola io non li vedrò più? E se li incontro li posso salutare o c'è il divieto?

La madre guardò il padre, si vedeva che stava pensando a come rispondere. Però non ne aveva tanta voglia. Certe volte Carlo sospettava che i divieti avessero tolto alla madre le forze, tanto gli sembrava stanca.

– Presto andremo a conoscere un'insegnante che è stata cacciata anche lei perché ebrea – gli rispose il padre – e si è offerta di darti delle ripetizioni per questo periodo, Carlo. Si chiama Sarah e abita qui vicino. Per andare da lei passeremo davanti alla tua scuola proprio nell'ora dell'entrata e probabilmente riuscirai a vedere qualche tuo compagno... Ma se non vuoi facciamo un'altra strada.

C'era da pensarci bene. Non era detto che uno avesse voglia di vedere i compagni di scuola, considerando che nessuno si era fatto vivo da quando Carlo era stato cacciato dalla scuola. Nemmeno uno di loro era passato. Anche solo per dire: "Ciao, Carlo". Nemmeno Anna. Chissà se aveva sempre gli occhi che inchiodano. Chissà chi guardava adesso Anna. Forse aspettava che Carlo tornasse. No. Tutti avevano paura a mischiarsi con gli ebrei. Ormai Carlo lo sapeva bene. Non ci era voluto molto a capirlo: anche quando lui e Antonio andavano ai treni, i colleghi del papà non lo salutavano più come una volta, con allegria; adesso facevano finta di non vederlo. Ma lo vedevano, Carlo sentiva lo sguardo su di sé. Lui era abituato con Anna, lo sapeva quando qualcuno gli puntava gli occhi addosso, anche se stava di spalle.

Era una storia strana questa degli ebrei, pensava sempre Carlo. Un giorno aveva chiesto alla madre di spiegargli cosa avessero fatto di male per essere trattati così. Lei aveva risposto: «Niente». Però qualcosa di diverso ci doveva essere, aveva insistito Carlo. «Niente» aveva ripetuto la madre, che da quando lavorava e si alzava presto aveva sempre meno voglia di parlare.

Allora Carlo lo chiese alla nonna e lei gli disse che ebrei e cristiani avevano lo stesso Dio e che gli insegnamenti di Dio valevano per entrambi. Ma anche che ebrei e cristiani non erano d'accordo su chi fosse Gesù.

– I cristiani credono che sia il figlio di Dio, il Messia. Dicono che lo ha mandato Dio per salvare tutti gli uomini. Per gli ebrei, però, Gesù è semplicemente un rabbino ebreo, un uomo saggio. Il Messia, colui che redime gli uomini e rende migliore il mondo, noi ebrei lo stiamo ancora aspettando. Siamo pazienti –. Questo disse la nonna a Carlo un giorno in cui si sentiva troppo solo ed era andato a trovarla, dato che abitava nel portone dopo il suo.

Carlo fece alla nonna anche un'altra domanda.

– Nonna, ma perché Gesù deve salvare gli uomini? Da che cosa?

– Da loro stessi. Le leggi razziali sono un esempio della cattiveria di cui sono capaci gli uomini. Tu non puoi più andare a scuola e tuo padre non può più lavorare solo perché siamo ebrei.

– Tu pensi che Gesù li salvi anche se sono così cattivi con noi?

– Non lo so, Carlo. Però so che Dio non perdona facilmente chi disobbedisce ai suoi comandamenti... E non temere. Tornerai a scuola presto. Sono certa che rinsaviranno: prima o poi capiranno che noi siamo italiani, come loro.

Carlo decise che a vedere i compagni ci voleva andare. A stare soli tanto tempo alla fine la testa diventava pesante perché dentro giravano un sacco di pensieri confusi che facevano il girotondo e non si fermavano mai. E poi la notte Carlo aveva paura e si svegliava tutto sudato. Qualche giorno prima aveva sognato Achille. Lo stava accarezzando e il gatto improvvisamente lo aveva graffiato facendogli uscire il sangue. Carlo lo aveva sgridato, ma quando il gatto si era voltato verso di lui il suo muso non era quello di Achille. Era il volto della maestra Miele che lo guardava con un ghigno maligno, come il cattivo dei fumetti che gli leggeva il papà la sera.

I compagni di scuola

La sua scuola Carlo la ricordava diversa. Cioè, non diversa, più grande. Ma come era possibile? Erano due mesi che non la vedeva, mica due anni. Non poteva essersi rimpicciolita. Eppure lo scalone che saliva per entrare in classe adesso gli sembrava più stretto. E il cancello più piccolo. E Achille? Perché non stava a leccarsi baffi e pelo vicino all'albero di castagno? Possibile che in due mesi fosse tutto cambiato?

Ecco Anna. I suoi occhi che inchiodano. E non ti mollano. Si spalancano per la sorpresa e poi ti restano appiccicati addosso. Finalmente. C'era anche qualcosa che non cambiava.

Anna stava aspettando di entrare insieme a suo padre. Il papà di Carlo accennò un saluto, come prima del divieto, quando i due si parlavano e ridevano dei treni che arrivavano in ritardo.

Lui e Carlo si fermarono dalla parte opposta del grande cancello. Non osavano avvicinarsi. Sbirciavano dentro. Anna continuava a fissarli. Sembrava smarrita, guardava il papà aspettando una reazione; poi, dato che lui faceva finta di niente, lei alzò la mano per salutare. Il padre a quel punto la girò bruscamente e in un attimo Anna dava le spalle a Carlo e a suo padre. Accadde tutto velocemente, sembrava la scena di un film: anche gli altri compagni con i genitori si affrettarono a dare le spalle a padre e figlio.

Per qualche secondo restarono lì tutti e due senza dire niente.

– Papà, andiamo via. Non ci vogliono qui – disse Carlo alla fine.

Antonio non lo guardò, ma gli prese la mano e lo portò lontano. Nessuno dei due vide Anna che, mentre andavano via, si voltava verso il suo amico cercando di nascondere al padre la lacrima che le scivolava sul viso.

Chi ha paura degli ebrei?

Se squillava il campanello, Carlo cominciava a tremare. Erano sempre loro, quei signori della polizia. Facevano tante domande, ogni volta prendevano qualcosa perché dicevano che gli ebrei non potevano tenere niente che fosse di valore (non lo meritavano, dicevano loro) e poi andavano via. Si erano presi le biciclette di Carlo e del papà, l'orologio d'oro della mamma, regalo del matrimonio, la radio nuova e perfino una sveglia in argento.

Una sera il campanello suonò quattro volte, una dietro l'altra. Il cuore del ragazzo cominciava a battere veloce.

La mamma e il papà si guardarono e Carlo

capì subito che anche il loro cuore stava andando di corsa.

Il papà si alzò e andò ad aprire. Poi tutto successe troppo in fretta e Carlo afferrò solo qualche parola. La mamma gridava «lasciatelo», il papà ripeteva «ma perché», mentre un vicino si affacciò sul pianerottolo e subito richiuse la porta. Intanto quelle divise nere portarono via il papà di Carlo dicendogli: – Sporco ebreo, ti pentirai.

Poi tutto finì. Tornò il silenzio. Ma il cuore di Carlo faceva ancora dei balzi e poi precipitava giù, giù, giù... era come se sapesse che non si doveva fermare, altrimenti rischiava di scoppiare. Il suo papà non c'era più. Lo avevano portato via gli uomini neri. La mamma piangeva sulla sedia, con le mani che le coprivano il viso. Non riusciva più neppure a vedere che Carlo era lì e aveva bisogno di essere consolato. Non riusciva più a essere la mamma di prima. Carlo non ce l'aveva con lei e andò ad abbracciarla anche se non riusciva a piangere. Lei lo tenne accanto a sé, ma non fece altro. Un tempo nessuno era bravo come lei a consolarlo; ad esempio, quando Carlo faceva male un compito e prendeva un brutto voto, lei diceva: «A tutto c'è rimedio». E lui sapeva che era vero perché era stretto contro il suo cuore che sentiva battere senza fretta.

Se la mamma non credeva più che ci potesse essere rimedio, nemmeno lui poteva più sorridere. E allora si mise a consolarla, carezzandole i capelli. Lei gli strinse forte le mani e Carlo pianse. E mentre piangeva pensava che fuori pioveva e il suo papà era uscito senza giacca... Ovunque fosse in quel momento, chissà com'era infreddolito.

La fuga

Da che era tornato a casa, il papà di Carlo non sembrava più lui. Aveva sempre paura quando suonava il campanello e non voleva più sentire rumori. Anche con Carlo non era più come prima. Non gli parlava più. Lo guardava e poi improvvisamente se ne andava, apriva la porta di casa e non tornava per ore. Non lo portava più a vedere i treni. Carlo glielo chiedeva tutti i giorni, ma lui nemmeno rispondeva.

Doveva essere successo qualcosa quella sera che lo avevano portato via.

Quando Antonio era tornato a casa quattro giorni dopo, aveva gli occhi neri e delle ferite sul viso. Camminava zoppicando perché aveva un brutto taglio alla gamba. Sulle mani aveva delle bruciature scure e profonde. La mamma lo curava, ma non diceva una parola. Sembravano due estranei, non riuscivano più nemmeno a guardarsi. Una sera venne la nonna e il papà parlò un po' con lei, a bassa voce per non farsi sentire da Carlo, ma lui origliò e qualcosa udì.

– Sono stato un vigliacco, mamma – diceva il padre. – Non ho resistito alle loro torture e ho fatto i nomi di Giulio e Vincenzo. Sai che significa? Che li ho fatti arrestare io! È colpa mia! Non me lo perdonerò mai.

Due cose erano chiare a Carlo: suo padre non sarebbe più riuscito a tornare com'era prima. Non gli sarebbe mai più bastato chiedere scusa per perdonare se stesso. Era come se la parola "perdono" dentro il suo cuore fosse stata tolta. Così come il suo sorriso. Carlo non lo vide più.

L'altra cosa che aveva capito era che i fascisti erano responsabili di quello che era accaduto al suo papà e che facevano del male alle persone. Aveva ragione il maestro Francesco a dire che erano cattivi.

Avrebbe voluto vederlo il suo maestro: lui avrebbe compreso quella sensazione di paura che lo afferrava alla pancia e saliva su fino a impedirgli di respirare. Quando succedeva, la mamma lo faceva sdraiare sul letto senza dire una parola e poi piano piano Carlo ricominciava a respirare normalmente. Ma a parte il respiro, niente era rimasto più uguale, dentro e fuori di lui.

Carlo andava due volte alla settimana da una signora che era un'insegnante, un'amica della mamma. Anche il suo cognome era ebraico e dunque non poteva più stare nella scuola con gli altri bambini. La signora Sarah non era cattiva, si vedeva che desiderava aiutare Carlo a non restare indietro, ma non era molto paziente. Carlo non sapeva se fosse stata così in passato, ma ora sembrava sempre arrabbiata con il mondo e, anche se sorrideva, si vedeva che non voleva essere lì con lui. Forse pensava alla sua classe, ai suoi bambini. Ma a Carlo non importava molto in realtà. Perché lui non aveva più tanta voglia di studiare, pensava ad Anna, ai suoi compagni di scuola che stavano in classe tutti insieme. Lui era lì da solo con una sconosciuta che non ricordava il suo nome. Quando non le veniva “Carlo”, e non le veniva nemmeno il cognome, “De Simone”, lo chiamava “caro”, “tesoro”, “piccolo”, ma a lui questi nomignoli non piacevano. Aveva ragione la nonna Lidia: «Per i bambini non c’è niente di più bello del proprio nome; li rassicura, si sentono amati e considerati. “Tesoro” e “caro” invece sono nomignoli anonimi, per bambini invisibili».

Nonna Lidia aveva detto questa cosa alla mamma di Carlo un giorno che stavano discutendo. Ogni tanto capitava perché la mamma si arrabbiava: si lamentava che nonna Lidia dava sempre ragione al figlio, e certe volte, in effetti, era così. Ma su quella cosa dei “caro” e dei “tesoro” aveva ragione la nonna, pensò Carlo, stufo di stare con la maestra Sarah.

Dopo la lezione Carlo tornava da solo, perché la casa era abbastanza vicina. Ma quel pomeriggio aveva una gran voglia di vedere i treni; gli mancava il momento dell’arrivo in stazione, quando il treno era invincibile, e aveva bisogno di sentirsi almeno un istante invincibile. Così non prese la direzione di casa: avrebbe trovato il padre sul divano con la testa chissà dove e la madre che si affannava a preoccuparsi di mettere a posto il mondo, pur di non pensare a come affrontarlo.

Non ne aveva voglia. No. Sarebbe andato alla stazione.

Lì nessuno lo vedeva, erano tutti indaffarati a prendere il treno, o a tornare a casa. Si mise a sedere in un angolo, vicino al binario uno.

– Ehi, tu! Che fai lì? Mi vuoi fregare il posto?

– Che posto? Sono seduto per terra... Ma tu chi sei?

– Mi chiamo Davide – disse il ragazzino biondo che dimostrava pochi anni più di Carlo – e quello è il mio posto. Mi metto lì a chiedere l'elemosina ai passeggeri. Funziona. Mi vuoi rubare il lavoro, per caso?

– Ma io non sto chiedendo l'elemosina... E tu perché lo fai? Non hai una famiglia?

Il ragazzino rise. – Certo che ce l'ho una famiglia! Solo che la mamma e il papà non lavorano più e mi dicevano sempre che dovevo iniziare a guadagnarmi da vivere da solo. Ma che posso fare io? Sono troppo piccolo per lavorare, e poi sono ebreo e nessuno mi prenderebbe. Mi hanno già cacciato dalla scuola...

– Come me! – esclamò Carlo, felice di poter condividere con qualcuno la sua pena. – Anch'io sono ebreo come te. Meno male, pensavo di essere il solo. Non conoscevo nessun altro che era stato cacciato dalla scuola. I tuoi genitori sanno che chiedi l'elemosina? Mio padre si arrabbierebbe molto.

– Io sono scappato da casa. Non ci torno più. I miei stanno sempre a litigare... Anche prima era così, veramente, ma adesso che sono poveri è ancora peggio, mi hanno stufato.

– Quanti anni hai?

– Io? Dodici, li compio fra un mese.

– Anch'io non voglio tornare a casa. Prima c'era molta allegria, i miei andavano d'accordo. Mio papà lavorava qui, lo sai? Era capotreno. Mi portava spesso con lui a vedere i treni e io controllavo i biglietti a tutti quelli che scendevano, facevo il lavoro del mio papà. Ma ormai è tutto cambiato. Non voglio andare più alle lezioni di Sarah e non voglio neppure vedere mio padre, che non mi guarda nemmeno più in faccia.

– Senti, io un posto per dormire ce l'ho e ti posso ospitare. Sono vecchie carrozze di treni abbandonati, ci sono altre persone ma non danno fastidio. Però di giorno il pane te lo devi guadagnare. Tu sei più piccolo, ti daranno l'elemosina più facilmente che a me. Alla fine della giornata si divide tutto e si compra da mangiare. Ci stai?

Carlo negli ultimi giorni aveva pensato tante volte ad andarsene da casa. Non sopportava più che la madre non stesse ferma un attimo e non scambiasse una parola con nessuno. Anche il padre era muto. La nonna guardava il figlio e diventava triste. Sarah era un'estranea. Anna non l'aveva mai cercato. Non aveva più nessuno con cui poter parlare. Almeno Davide era allegro.

– Be', per questa notte mi fermo e poi vediamo. Ok?

– Va bene, ma inizia a guadagnarti la cena, mettiti lì e tendi la mano – gli disse Davide indicandogli un angolo lontano dal suo posto di combattimento.

La notte passò. Davide e Carlo riuscirono a dormire poco perché c'era un signore anziano con la barba bianca che russava come un treno in frenata di emergenza... faceva un rumore mai sentito e Davide, senza tanti complimenti, più di una volta gli aveva dato un calcio. L'uomo smetteva dieci minuti e poi ricominciava.

La mattina dopo, mentre era al suo posto con la mano tesa e gli occhi bassi, Carlo pensava a suo padre e sua madre. Saranno stati in pena. Si erano almeno accorti che non era rientrato? Ma certo che sì. Erano solo tristi, ma non erano mai stati cattivi. Che ci stava a fare lì?

Mentre pensava a cosa fare si sentì chiamare.

Era Davide.

– Ehi, piccoletto! Guarda qui che meravigliosa banconota mi ha lasciato quella gran dama vestita di blu. Mi hai portato fortuna! Dai, vieni che ci prendiamo una brioche e un cappuccino come dei veri signori!

Andò con Davide. Aveva fame, avrebbe pensato un'altra volta a tornare a casa.

Passarono altri quattro giorni. Carlo e Davide erano diventati amici. La notte Carlo riusciva a dormire un po' di più... ci si abitua a tutto in fondo.

Però la mamma e il papà gli mancavano.

– Tu non senti mai la nostalgia di casa, Davide?

– Io? –. L'altro alzò le spalle come a dire no e invece rispose: – Sì, sempre, se proprio vuoi saperlo. Però se penso a come mio padre urlava con me e la mamma... non ci voglio tornare lì. Che se la vedano loro. Dai, amico ebreo, andiamo a lavorare!

Quella sera erano appena andati a dormire nella vecchia carrozza di un treno abbandonato che Davide chiamava "casa" quando sentirono del trambusto sulla banchina.

– Via, via, Carlo, ci hanno scoperti, scappa!

Davide era stato velocissimo. Carlo era riuscito a malapena a capire quello che stava succedendo che l'amico era già sceso dal treno. Era abituato a fuggire. Carlo no.

– E questo? – disse un uomo con la divisa da carabiniere che lo teneva per l'orecchio a distanza, quasi schifato dalla puzza che emanava ormai Carlo, dopo cinque giorni senza lavarsi. – Che ci fai qui? Sei troppo piccolo per stare con dei barboni, non ce l'hai una famiglia?

– Ehi, un momento – intervenne un signore

che Carlo non riconobbe subito a causa del buio fitto che c'era nelle carrozze. – Io lo conosco, tu sei il figlio di Antonio... Ma che ci fai qui? Lo sanno a casa?

La torcia del carabiniere illuminò per un attimo l'uomo che aveva parlato e Carlo riconobbe il capotreno Aldo, amico di suo papà. Amico per modo di dire. Anche lui era sparito dopo che gli ebrei erano diventati un nemico della patria.

Carlo non gli rispose. In fondo ormai anche per lui erano tutti degli sconosciuti, non avevano più amici gli ebrei.

– Lo lasci a me. So dove portarlo – si offrì il capotreno. Il carabiniere non obiettò, meglio così: si liberava di una rogna. – Vieni con me, – disse Aldo a Carlo – finisco il turno fra mezz'ora e poi ti porto a casa.

Carlo non rispose a nessuna domanda del collega del padre. E così quello si arrese.

– Fai il duro, eh? Sai che io avrei potuto fregarmene e dire al carabiniere che sei ebreo? Sai che non potrei nemmeno riportarti a casa? Noi non dovremmo più avere niente a che fare con voi ebrei... Ma io non ce la faccio. Conosco tuo padre da una vita e almeno questo glielo devo. Forza, andiamo. E non provare ad allontanarti da me o grido che sei ebreo e ti mettono in carcere per sempre.

La minaccia di Aldo fece il suo effetto. Carlo in fondo era felice di tornare a casa. Ma come l'avrebbero accolto?

Piangevano tutti. La mamma più degli altri, e lo stringeva come se dovesse essere inghiottito da un drago da un momento all'altro.

Aldo non volle essere ringraziato. – Dovere – continuava a dire. – Ma ora devo andare.

Non era entrato, aveva paura di essere denunciato. Gli amici degli ebrei potevano passare guai seri e c'era chi non aspettava altro che fare la spia.

– Capisco. Ma sei stato un amico e ti ringrazio. Ti devo la mia vita – gli disse Antonio.

Ecco, Carlo capì da quelle parole che per il padre e la madre lui era la vita. Da quella sera pensò spesso a Davide, ma non gli venne mai più in mente di allontanarsi dalla mamma e dal papà.

La partenza

Dall'ottobre del 1943 la nonna era andata ad abitare con il figlio Antonio perché i tedeschi avevano occupato la città e requisito le case di molti ebrei, fra le quali c'era quella della nonna di Carlo. Il ragazzino era felice della sua presenza perché lei dava forza a tutti. Anche se era molto vecchia, sembrava la più coraggiosa della famiglia. Diceva sempre al figlio, papà Antonio, che l'Italia era diversa dalla Germania. Finché restavano in Italia non sarebbe potuto accadere loro niente di male. Anche quando i tedeschi diventarono i padroni della nazione e si comportavano con arroganza e violenza, la nonna resisteva.

«Finirà presto,» diceva «teniamo duro e le cose torneranno come prima». Tutti le credevano, le volevano credere.

Era la sera del 15 dicembre 1943. Carlo, la nonna, la mamma e il papà avevano appena finito di cenare. Erano abituati a sentir bussare con forza alla porta, come si erano abituati ai controlli della polizia. Andò ad aprire la nonna e cercò di essere gentile come al solito. Normalmente non riceveva altrettanta gentilezza, ma lei non si scomponeva.

«Non è colpa loro» diceva. «Eseguono degli ordini.»

Carlo non capiva come facesse la nonna a vedere sempre il buono in ogni situazione. Lei aveva una tale sicurezza che dava coraggio a tutti. Quella sera però con i poliziotti italiani c'era un soldato tedesco. Era giovane e bello. Stava dritto e rigido sulla schiena. Carlo lo guardava con curiosità e pensava che a stare così dritto si sarebbe allungato. Ma quello era già alto, quanto voleva crescere?

Il soldato delle SS non si rivolse alla nonna di Carlo, nemmeno la guardò, ma in un italiano stentato ordinò ai poliziotti di contare le persone della casa e di fargli preparare le valigie.

I poliziotti obbedirono. Perquisirono la casa e così trovarono Carlo, la madre e il padre.

– Preparate le vostre cose. Dovete partire –. Dissero solo questo.

La mamma di Carlo provò a chiedere: – Partire? Per dove? Questa è la nostra casa…

Il soldato straniero allora urlò qualcosa in tedesco e tirò fuori la pistola. I poliziotti italiani parlarono con lui e poi si rivolsero con durezza al papà di Carlo: – Non dovete discutere gli ordini, maledetti ebrei! Preparatevi, vi diamo dieci minuti e poi vi porteremo via. Se non volete essere uccisi dal camerata tedesco, vi conviene obbedire, capito?

Mentre papà Antonio e mamma Silvana preparavano le valigie per tutti, Carlo fu preso da parte dalla nonna, che gli domandò se avrebbe desiderato portare con sé qualcosa di prezioso, che lo facesse sentire al sicuro anche lontano da casa.

Carlo ci pensò e andò nel cassetto dei biglietti dei treni. Ne prese un mazzetto.

– Questi sono di quando io e papà andavamo insieme a lavorare ed eravamo come tutti gli altri. Ne voglio tenere qualcuno.

– Ecco, siamo pronti – disse il papà di Carlo portando tre valigie. Quella di nonna Lidia ospitò i biglietti di Carlo.

I poliziotto chiusero la porta e presero le chiavi. Sapevano che a loro non sarebbero più servite.

Hannah e Jacob
Germania

La paura

– Dai, passami la palla Jacob, da bravo. Dai, passala! Uffa, lo sapevo, non si può mai giocare in pace con te!

Jacob aveva sette anni e la testa un po' meno ovale degli altri bambini della sua età. Era piccolo piccolo e parlava poco, non pronunciava bene tutte le parole e spesso i ragazzini lo prendevano in giro. Jacob non capiva tutto quello che succedeva intorno a sé, ma quando ridevano di lui se ne accorgeva, così parlava il meno possibile. Ma per trattenere il pallone della sorella Hannah non c'era bisogno di aprire bocca.

– Mamma! Vieni a prendere Jacob, non ci fa giocare, me e Rose!

La madre di Jacob e Hannah, Sarah, era una donna bruna, però a parte gli occhi e i capelli non c'era null'altro in lei di scuro. Il suo viso aveva la carnagione chiarissima che si accendeva di luce ogni volta che sorrideva. Sorridendo chiamò Jacob che docilmente le obbedì e lasciò la palla a Hannah e Rose.

– Jacob, tu sai che Hannah ti vuole sempre bene, anche se gioca con Rose – disse al figlio. – Ma se le prendi la palla, allora si arrabbia e non vuole più parlarti.

Pronunciava piano le parole mamma Sarah quando parlava con Jacob. L'insegnante di un istituto privato che aveva iniziato a seguirlo tutte le mattine le aveva spiegato che, anche se non poteva capire proprio tutto, Jacob aveva bisogno che gli si parlasse sempre con dolcezza. Senza arrabbiarsi. Questo gli avrebbe dato fiducia e gli avrebbe permesso di apprendere almeno le cose più semplici.

«Il suo ritardo mentale gli consente di capire dei concetti semplici e brevi. Ma se le emozioni prendono il sopravvento è come se non sentisse più nulla.»

Dunque bisognava parlargli con calma, sorridendo, senza arrabbiarsi, ripetendo tante volte gli stessi semplici concetti.

E mamma Sarah qualche volta si stancava di ripetere sempre le stesse cose, ma non le importava. Ritrovava il sorriso dentro di sé, grazie all'amore profondo per quel figlio diverso e speciale. Si avvicinava a Jacob e con una carezza gli spiegava per l'ennesima volta che non avrebbe dovuto prendere la palla a Hannah e a Rose, e che sua sorella gli voleva bene anche se giocava insieme alla sua amica.

– Hannah, ma tuo fratello è sempre stato ritardato?

– Lo sai che non mi piace che si dica di lui "ritardato", Rose. Jacob è solo un po' rallentato, ma ci sono tante persone che sono più lente di lui senza avere avuto i problemi di Jacob. Lui poteva essere come noi, come me e te, sai? È stato il medico che quando lo ha tirato fuori dalla pancia di mia madre gli ha fatto male e gli ha causato dei danni. Non gli ha cambiato solo la forma della testa, ma gli ha anche danneggiato quello che c'è dentro.

– Dai, non offenderti, non ne parlo più. Domani vieni da me? – disse Rose.

– Sì, volentieri. Ma tua madre è d'accordo? Le ultime volte sembrava un po' scocciata...

– Glielo chiedo stasera e domani a scuola ti so dire, ok?

Ma il giorno dopo Hannah non poté andare a scuola perché era malata. Le era venuta la febbre alta e mamma Sarah era preoccupata. Decise di andare dal medico e lasciò Hannah da sola. Ormai aveva dodici anni, era una ragazzina giudiziosa e poteva restare a casa da sola.

Quando la signorina Margot vide Sarah nella sala d'aspetto del dottore, la salutò freddamente. Era imbarazzata e anche scocciata di vederla.

Sarah fece finta di nulla; da un po' di tempo era abituata a queste manifestazioni di "affetto" da parte dei suoi concittadini. Si sedette ad aspettare il suo turno per parlare con il dottor Heissmeyer. Vide che la signorina Margot entrava nello studio del medico e dopo due minuti ne uscirono insieme.

Il dottor Ernst Heissmeyer aveva occhiali spessi un dito. Era assolutamente, inequivocabilmente miope e per individuare Sarah fra la decina di persone che erano nel suo studio ci mise un po'.

Ma alla fine la vide.

– Signora Sarah Weiss?

– Sì, sono io dottor Heissmeyer –. Che bisogno c'era di chiederle conferma del nome? Si erano visti tante di quelle volte... Era il medico di famiglia, era sempre stato gentile con loro.

– Lei non deve più venire qui. Non è gradita. Questo è uno studio per persone ariane, per patrioti tedeschi. Gli ebrei non sono i benvenuti. Se ne vada, per favore. Non venga mai più.

Tutti i pazienti in attesa guardavano Sarah. La luce sparì dal suo volto. Ma Sarah non si vergognava.

I pazienti erano tedeschi, evidentemente erano ariani. Per questo non dissero nulla? Qualcuno teneva gli occhi bassi, altri guardavano l'orologio con stizza: stavano perdendo tempo. Qualcun altro annuiva con vigore, mancava poco che si complimentasse con il dottor Heissmeyer. Ma nessuno disse che era una follia. Solo Sarah, che era diventata rossa in viso, trovò la forza di replicare con fermezza: – Mia figlia Hannah è malata e lei è un medico, ha il dovere di prescrivermi delle medicine per farla guarire.

Il dottore la fulminò con i suoi occhi azzurri. Gli sembrava un'infamia imperdonabile che una donna ebrea si permettesse di dirgli quali fossero i suoi doveri di medico.

– Come osa dire a me quali sono i miei doveri? Lei è solo un'ebrea e come tale non ha più diritti in Germania. Andatevene finché siete in tempo. Quello che accade ai suoi due figli ebrei e minorati non è più un mio problema. E adesso se ne vada! O chiamo la polizia...

La paura. Sarah la sentì arrivare prima nelle gambe, poi nel cuore che cominciò a batterle. Aveva visto quello che accadeva a Berlino agli ebrei che si lamentavano con la polizia. Li aveva visti sui giornali, denudati, in strada, con grossi cartelli appesi al collo sui quali c'era scritto: *Io sono ebreo e non mi lamenterò più con la polizia. Lo prometto. Non ne ho diritto.* Se era accaduto a Berlino, poteva succedere anche lì, a Lipsia. Non poteva rischiare che il medico chiamasse la polizia.

Aveva ragione il dottore, non c'erano più diritti per loro, per gli ebrei.

E poi non c'era niente da fare, Sarah lo capì. Se ne andò senza salutare nessuno. Il dottor Heissmeyer era sempre stato gentile con lei e con suo marito Joseph. Ma non aveva mai voluto saperne di Jacob. Adesso capiva il perché: lo considerava un minorato. Non aveva idea se nella classifica dei reietti della società venivano prima i disabili o gli ebrei, ma quel giorno scoprì che lei e la sua famiglia avevano entrambe quelle vergogne. *Vergogne* di cui lei era fiera. E lo sarebbe sempre stata. Fu questo che si ripromise una volta di più, quel giorno, mamma Sarah.

Hannah e Rose

– Che cosa ci fa quella, qui?

Il padre di Rose era tornato prima quel pomeriggio e aveva trovato Hannah che studiava con Rose. Non l'aveva salutata, era sceso dalla moglie e le aveva detto con durezza: – Che cosa ci fa quella, qui?

– Lo sai Kurt, sono amiche... Rose le è tanto affezionata, si conoscono da quando sono piccole... Hannah è stata male per qualche giorno e non è andata avanti nel programma, così Rose l'aiuta. Sai che le hanno dovuto trovare un professore privato da quando non può più frequentare la scuola...

La madre di Rose tremava di paura. Kurt era

nella polizia e spesso a casa non si comportava diversamente da come si comportava quando era con i criminali. Non faceva differenza se si trattava di sua moglie o di sua figlia: chi sbaglia paga, era la legge di Kurt Bauer.

Dopo i lampi arrivarono anche i tuoni.

– Non può più andare a scuola perché è ebrea! E gli ebrei non devono nemmeno entrare in questa casa! Contaminano tutto ciò che toccano, sono degli esseri inferiori, lo vuoi capire o no, stupida donna? Non voglio che Rose frequenti quella sporca ebrea!

– Ma è solo una bambina, Kurt...

– Tu non sarai mai una patriota, sei troppo stupida! L'obbedienza al Führer e alle sue leggi non si discute dentro questa casa, è chiaro?!

Se lo capiva lui, lo dovevano *capire* anche gli altri. Kurt era sempre stato così, fin da giovane: si stupiva che una persona potesse contravvenire a quanto imponevano le leggi di chi aveva il potere. Chi comanda sa. Così era per Kurt Bauer e così doveva essere per tutti gli altri.

A lui non importava niente che Hannah fosse ebrea. Lo aveva sempre saputo. Ma il Führer aveva detto che gli ebrei erano sporchi e cattivi e che dovevano sparire dalla terra. E Kurt lo aveva capito e fatto suo, senza mai chiedersi il perché.

Al piano di sopra Rose aveva cominciato a tremare per la paura e Hannah era diventata paonazza: si vergognava di trovarsi lì, si vergognava per la sua amica del cuore che aveva un padre così violento e stupido, si vergognava perché non aveva il coraggio di andare a dirne quattro a quell'uomo infuriato. Ma non si vergognava di essere ebrea. Aveva sempre saputo di essere diversa, la madre glielo aveva ripetuto spesso, però era una diversità bella, importante.

– Hannah, mio padre sta venendo qui. Ti prego, fuggi, è capace di tutto. Tu non lo sai, ma è un uomo molto violento... Esci dalla finestra, ti prego – la implorò Rose piangendo.

Hannah obbedì e uscendo udì la voce di Kurt che salendo le scale gridava: – Scappa, scappa, ebrea... E non tornare mai più qui, scordati Rose e questa casa!

Quella notte Hannah non riuscì a dormire. Si era pentita di essere fuggita come una ladra dalla casa della sua migliore amica. Avrebbe dovuto restare e affrontare il padre, come le avevano sempre insegnato i suoi genitori. Decise di non raccontare nulla ai suoi. Ne stavano già passando tante, perché le leggi razziali volute da Hitler erano sempre più restrittive per gli ebrei. Erano iniziate fin da quando Hitler era diventato capo del governo, nel 1933. E ogni giorno c'era un nuovo divieto per gli ebrei. Prima erano cittadini tedeschi come tutti gli altri, poi erano diventati inferiori. Aveva addirittura sentito dire che non dovevano più essere considerati tedeschi. Erano solo "pezzenti ebrei".

Da tempo nessuno faceva più affari con le imprese ebraiche perché le leggi razziali lo vietavano, quindi l'azienda di calzature di papà Joseph non aveva più contratti con gli ariani, che non dovevano compromettersi con gli ebrei. Fino a qualche anno prima il papà di Hannah riforniva di scarpe l'esercito tedesco, ma ormai non gli davano più lavoro e i soldi erano sempre meno.

Una sera Hannah sentì i suoi genitori parlare della possibilità di andarsene dalla Germania.

– Ho sempre più paura. Per noi, per i bambini. Non c'è futuro per la nostra famiglia qui, sono convinta che dovremmo andare via, Joseph. Non siamo più neppure considerati tedeschi ormai...

– E dove potremmo andare? Non abbiamo parenti che in Argentina, ma che faremmo laggiù? Qui abbiamo tutta la nostra vita. E così i nostri figli. Siamo tedeschi, Sarah. Io mi sento un ebreo tedesco. Questa politica razziale non potrà durare molto nel nostro Paese, io non posso credere... Mio padre è stato un patriota tedesco, è morto durante la Prima guerra mondiale. Anch'io ho paura, ma sono certo che presto Hitler cadrà... e poi, dove vuole arrivare? Il mondo non può permettere che accada il peggio.

– Joseph, tu sogni! Il peggio sta accadendo sotto i nostri occhi! Cosa vuoi che succeda ancora per capire che siamo in pericolo? Tu non hai più lavoro, nessuno ci guarda più in faccia per paura di dover rispondere al saluto. Hai visto i nostri vicini? Ricordi quanto erano gentili e disponibili con Jacob e Hannah? Quanti complimenti per i tuoi successi lavorativi? Be', sai, ieri gli ho suonato perché mi mancava l'aspirina per Jacob e la farmacia non aveva voluto darmela. Sentivo il pianoforte di Bertha che suonava, erano in casa. Ma non hanno aperto. Poi la sera stessa, prima che tu tornassi ho trovato un biglietto appeso sulla porta. Vuoi che te lo mostri? C'è scritto che non vogliono avere niente a che fare con noi ebrei. E questi sono i nostri bravi vicini! Non abbiamo più il medico perché sono stata cacciata dal suo studio. Non possiamo andare nei negozi e nei ristoranti ariani, abbiamo dovuto aggiungere i nomi ebraici ai documenti per essere riconoscibili, siamo schedati come indesiderabili... Cos'altro dovrà accadere per convincerti che agli occhi di questa gente non siamo più tedeschi?

La ribelle Nora

I parenti di Sarah erano quasi tutti in Argentina. Erano emigrati prima della guerra del 1914, perché si erano trovati bene in quella terra dai grandi spazi dove il sole non mancava mai. Anche la mamma e la sorella di Sarah erano in Argentina. Lei era rimasta perché aveva incontrato Joseph e si era sposata giovane pur di non partire e perdere il suo amore. Suo padre era morto molto tempo prima. La mamma ora viveva con la sorella e il cognato, un argentino di origini italiane che si chiamava Diego. Avevano due figli, ma non si erano mai incontrati. Sarah era stata considerata fortunata perché aveva sposato Joseph, un ebreo borghese che aveva un'azienda tutta sua. Joseph era figlio unico. La madre era morta quando lui aveva diciassette anni e suo padre si era votato al lavoro. Ma aveva voluto che Joseph studiasse economia per affidargli l'azienda. Fortunatamente a Joseph piacevano i conti e i numeri e non gli era pesato obbedire al padre. Nonno Hermann era morto da un paio d'anni, e Hannah e Jacob gli avevano voluto molto bene, anche perché era l'unico nonno con il quale avevano vissuto.

La mamma di Sarah, Marjanne, scriveva spesso alla figlia rimasta in Germania, spediva foto e regali per i nipotini, ma non era la stessa cosa che vedersi e giocare a nascondino in casa come facevano con nonno Hermann.

Nell'ultima lettera Marjanne le diceva che era preoccupata per quello che stava avvenendo in Germania. Non credeva che la guerra in Germania sarebbe finita presto e soprattutto temeva il peggio per gli ebrei. Marjanne insisteva perché raggiungessero la famiglia in Argentina.

Sarah fece vedere la lettera a Joseph, ma lui non ne voleva sentir parlare.

– Non voglio abbandonare la mia fabbrica, i miei operai... che ne sarebbe di loro? Mio padre ha fatto troppi sacrifici per lasciarmi questa azienda, non posso mollare tutto. E i nostri figli? Jacob qui è curato, assistito, seguito. La nostra vita è qui, Sarah. Questo periodo passerà e tutto tornerà come prima.

Una sera sentirono bussare alla porta. All'inizio piano, poi sempre più forte. Tutta la famiglia era a letto, i bambini dormivano e Joseph si alzò per andare ad aprire. Si trovò davanti una sconosciuta con un cappello da uomo e abiti maschili, sgualciti e sporchi.

– Sono Nora, Joseph. Fammi entrare, presto.

Lei lo scavalcò velocemente e Joseph non fece in tempo neppure a rendersi conto di quel che succedeva. La ragazza aveva una ferita sulla fronte da cui usciva un po' di sangue. Sarah la riconobbe subito.

– Nora! Che hai fatto?! Cosa succede?

La cugina Nora era più giovane di Sarah. Aveva sei anni in meno, ma da piccole erano state molto legate perché avevano passato tanto tempo insieme. Era la figlia di sua zia Gertrud, la sorella di Marjanne. Nora la ribelle... era andata in

Argentina con la madre e il padre, ma prima era scappata di casa due volte.

– Che ci fai in Germania? Non eri in Argentina?

– Ciao, Sarah. Come stai? E tu, Joseph? Scusate se invado la vostra casa a quest'ora, ma non sapevo dove andare... Adesso vi racconto tutto. Ma datemi dell'acqua, per favore, è da ieri che non bevo.

Nora raccontò che era tornata in Germania da due anni, nel 1936, l'anno delle Olimpiadi di Berlino, insieme al suo ragazzo Anton, anche lui tedesco emigrato in Argentina. Dovevano fermarsi poche settimane, ma non se ne erano più andati. Anton aveva incontrato gli amici dell'università, un gruppo di comunisti perseguitati dai nazisti, così erano rimasti ed erano entrati nella resistenza tedesca al regime nazista. Piano piano, però, erano stati tutti arrestati. La terribile polizia politica tedesca, la Gestapo, il giorno prima aveva preso anche Anton. Qualcuno aveva fatto la spia. Magari un vicino, o il fornaio dove avevano comprato il pane. Tutti potevano sporgere denuncia e la polizia era pronta ad ascoltare il bravo cittadino e arrestare chiunque fosse sospettato di essere un oppositore della politica di Hitler. Le persone andavano alla polizia ed erano ascoltate, accolte come cittadini giudiziosi. Denunciavano la vicina di casa, il cliente del negozio, la governante ebrea, gli amici comunisti. Si sfogavano: qualcuno si vendicava, qualcun altro si metteva a posto la coscienza di patriota tedesco... la maggioranza lo faceva perché gli ordini erano quelli di segnalare alle autorità chiunque fosse sospettato di rappresentare un pericolo per la Germania: era un dovere civico, insomma, e come tale veniva eseguito. Le conseguenze non li riguardavano.

Nora quella sera era riuscita a scappare dalla finestra prima che arrivassero gli uomini della Gestapo. Era stato Anton a sacrificarsi per lei restando a coprirle le spalle. Si era ferita cadendo su un sasso mentre si calava dal secondo piano del loro appartamento.

– Sei ricercata dalla Gestapo? –. Sarah era incredula. Spaventata. Sapeva che la Gestapo era costituita da uomini senza pietà che avevano già ucciso tante persone sospettate di essere nemiche del regime.

– State tranquilli, non voglio mettervi in pericolo. Lasciatemi dormire qualche ora e me ne andrò domattina all'alba. Non sanno che ero con Anton, ho un po' di vantaggio... Posso restare?

Sarah guardò Joseph e lui disse a Nora: – Certo che puoi. Adesso dormi e dimmi a che ora vuoi essere svegliata. Penso che sia meglio che te ne vada prima che faccia giorno.

– Mi dispiace per il tuo ragazzo, Nora – le disse Sarah.

La giovane donna alle parole della cugina si sciolse e le lacrime lasciarono il posto alla paura: Anton nelle mani della Gestapo significava morte certa e lei lo sapeva. Poi tornò in sé e si asciugò gli occhi arrossati dal pianto e dalla stanchezza. Sarah fece i conti: se lei aveva trentatré anni, Nora ne doveva avere ventisette. A vederla, in quel momento, sembrava molto più vecchia di lei.

– Grazie. Sapevamo che sarebbe potuto accadere tutto questo. Anton è coraggioso... –. Non riuscì a continuare e per non piangere scacciò il ricordo del suo ragazzo. – Hai una coperta? Ho molto freddo – domandò a Sarah.

– Scusami. Certo, vado a prenderla.

Nora chiese di essere svegliata alle cinque. Era da poco passata la mezzanotte: non le restava molto tempo per riposare.

Hannah aveva ascoltato tutto dalla sua camera. Si era svegliata quando aveva sentito bussare con insistenza. Lei non aveva mai conosciuto Nora. Si alzò dal letto e senza farsi vedere si mise a spiare i grandi dalla porta socchiusa. Nora le sembrò bellissima, con le labbra rosse e i capelli biondi arrotolati dentro il cappello. Gli occhi neri le brillavano quando parlava di Anton, e Hannah, che aveva dodici anni, sognava proprio un amore grande come quello di Nora.

Hannah aveva sentito parlare della Gestapo dalla sua professoressa di tedesco due giorni prima che le fosse vietato di andare a scuola. L'insegnante aveva detto a tutta la classe che un vero patriota doveva avvertire la polizia politica se notava qualcosa di strano, perché la Germania non era amata da tutti e non tutti erano degni della Germania nazista. Mentre parlava aveva guardato proprio lei e il suo compagno Abram. Erano i due bambini ebrei della classe. Hannah non aveva detto niente, quello sguardo freddo le aveva dato i brividi e anche a distanza di tanto tempo non riusciva a dimenticarlo.

Decise che non avrebbe parlato a nessuno di Nora. Sarebbe stato pericoloso per lei e la sua famiglia se la professoressa o i vicini di casa avessero sentito quella sua zia parlare con tanto disprezzo della Germania nazista. Mentre tutti gli altri sembravano così contenti di avere Hitler come comandante.

Rose non l'aveva più invitata a casa sua. A volte Hannah la vedeva passare con altre ragazzine della scuola, ma non ce l'aveva con l'amica, sapeva che anche lei soffriva a starle lontano. E poi aveva paura di suo padre.

Se ripensava agli ultimi giorni in cui era andata a scuola, si rendeva conto di quanto fosse isolata. Le parlava solo Abram, che era diventato il suo compagno di banco. La signorina Hoss li aveva messi insieme nell'ultima fila. «Fra ebrei vi intendete...» gli aveva detto con una smorfia di disprezzo che aveva deformato le sue labbra perfette, rosse come il geranio di mamma Sarah. Nelle ultime settimane, se non ci fosse stato Abram, Hannah pensava che avrebbe anche potuto essere muta perché la voce non le serviva. Nessuno la interrogava più, nessuno le chiedeva come stava, se voleva giocare o se aveva voglia di piangere. Si sentiva come un divano coperto da un lenzuolo in una casa ancora piena di vita. Tutto intorno si muoveva come di consuetudine, ma lei e Abram erano stati spenti. Finché un giorno le avevano detto di non tornare a scuola. Per loro non c'era più niente da imparare.

Jacob in clinica

Era una sera d'autunno. Qualcuno picchiò forte alla porta. – *Polizei!* –. Joseph si precipitò ad aprire.

Lo spinsero dentro ed entrarono: erano due uomini in borghese.

– Tu sei il capofamiglia? – gli chiesero.

Joseph annuì. I bambini erano con Sarah nella stanza accanto.

– È vero che hai un figlio minorato?

– No, Jacob non è minorato, è un bambino...

Non lo fecero finire. Gli diedero uno schiaffo e gli dissero che un ebreo non doveva permettersi di dire no a un poliziotto di Hitler.

Perquisirono la casa e trovarono Sarah e i

bambini. Indicarono Jacob. Poi dissero alla madre: – Quanti anni ha?

– Otto anni – rispose Sarah cercando di nascondere il tremore.

– Lui viene con noi. Prepara per lui una borsa con poche cose. Potrete vederlo domattina alla clinica pediatrica dell'università.

Nient'altro.

– No! – urlò Sarah. – Non vi darò mio figlio!

– Tu non hai diritti in questo Paese, donna – le gridò uno dei due. – Sei ebrea. Ringrazia Dio che il Führer vuole curare tuo figlio. Ma se non obbedisci non vedrai più neppure lei – concluse indicando Hannah, che era paralizzata dalla paura.

Joseph sapeva che non c'era niente da fare. Avrebbero eseguito gli ordini a qualunque costo. Prese con sé Jacob e cominciò a parlargli sottovoce. Ma prima disse a Sarah di preparare una borsa e che l'indomani mattina presto sarebbero andati a riprenderlo. La moglie capì che le stava chiedendo di non mettere in pericolo anche Hannah e come un automa andò a preparare una piccola valigia per il figlio.

Jacob aveva iniziato a parlare senza sosta, piano piano, come accadeva quando era nervoso. In quel suo mondo in cui entravano le stelle e la mamma, non trovava un posto per quei due uomini che non avevano sorrisi.

Anche quando lo portarono via continuò in quella sua litania, appena mormorata, lenta e continua. Ogni tanto spezzata da una sola parola: “mamma”.

Mamma Sarah si arrotolò su se stessa come un pupazzo di stoffa da cui uscivano solo lacrime e il nome del suo Jacob.

Joseph restò vicino a Hannah, che non riusciva a parlare né a piangere. Guardava verso la porta da cui Jacob era uscito con i due uomini neri.

Nessuno dei tre riuscì a dormire. E alle sette in silenzio si prepararono e andarono a piedi verso l’indirizzo che gli avevano lasciato la sera prima. A piedi, perché agli ebrei erano stati vietati anche i mezzi pubblici. E le biciclette.

Da quando era iniziata la Seconda guerra mondiale voluta da Hitler, nel 1939, agli ebrei era stato imposto il coprifuoco, perciò non potevano stare in strada alla sera, e gli era stato proibito di possedere la radio. Così non avevano nessuna notizia riguardo all'andamento della guerra.

Mentre camminava per andare a cercare la clinica dove avevano rinchiuso Jacob, Hannah pensava a suo fratello e a quanto era buffo da piccolo, quando suo padre e sua madre ascoltavano la radio e lui ci voleva guardare dentro. Poi, dato che non gli era permesso aprirla, aveva cominciato a cercare sotto il letto per trovare il «signore nascosto che parla e non si vede».

Per Jacob la radio era una magia perché quando suo papà spingeva il bottone, per incanto, quella cosa cominciava a parlare. Per tanto tempo aveva cercato quel bottone anche sui suoi pupazzi, sui suoi quaderni colorati o sulla sua macchinina blu. Alla fine si era arreso. Quella voce nel frattempo non era più sconosciuta e non faceva più paura. Così ci si poteva scherzare, anche se ancora restava un mistero. Quando il padre accendeva la radio, lui cercava il suo bottone personale e si "accendeva" a sua volta: iniziava a parlare dicendo cose sconclusionate e si muoveva come un burattino di legno.

Hannah poteva alzare e abbassare il volume

cercando il bottone giusto, ma solo la mamma poteva spegnerlo, tirandogli il cuscino rosso del divano. Era un gioco da cui il papà era escluso perché quando sentiva il radiogiornale non voleva essere disturbato e così non aveva mai conosciuto il lato magico della radio.

Arrivarono alla clinica pediatrica dell'università e si affacciarono in portineria dove c'era una donna.

Le chiesero di Jacob e lei rispose che non era possibile vederlo, di non preoccuparsi, che stava bene e che presto avrebbero ricevuto notizie dai medici.

Joseph non si arrese.

– Per favore, – insistette – fate entrare almeno la madre, vuole vedere suo figlio. Solo per poco. Per favore...

A quel punto la donna si allontanò e pochi secondi dopo si presentò insieme a un poliziotto che, con il fucile spianato, gli intimò di andare via.

Portarono via Hannah. Nessuno disse una parola sulla strada del ritorno.

A casa il silenzio continuò. La giornata passò in qualche modo nell'attesa della notte che avrebbe portato il mattino e la speranza di rivedere Jacob.

Quella notte Hannah vide le stelle, aprì la bocca per chiamare Jacob ma non le uscì nessun suono.

Allora si mise a contare le stelle, proprio come faceva Jacob, con il suo mondo di venti numeri. E poi ricominciava, ed erano sempre venti. Eppure non finivano mai. Hannah si addormentò contando il cielo.

Il mattino dopo si rimisero in cammino a piedi. Arrivarono davanti alla clinica e, come il giorno prima, chiesero in portineria. C'era un'altra donna seduta dietro il vetro, ma anche lei aveva uno sguardo glaciale e distante.

– Siamo i genitori di Jacob Weiss, la prego, ci permetta di vedere nostro figlio.

– Non è possibile. Andate via e non tornate. Vi daremo noi notizie di vostro figlio.

Sarah non sarebbe mai andata via senza Jacob, lo aveva promesso a se stessa.

– Maledetti! Ridatemi mio figlio! È mio figlio, non avete il diritto! JACOB! JACOB!

Sarah non voleva più aspettare: lì dentro, da

qualche parte c'era il suo Jacob. Superò la sbarra dell'ingresso, ma appena mise piede nel cortile si trovò davanti un soldato con la divisa nazista. L'uomo la bloccò colpendola con il fucile. Lei cadde a terra. Joseph tentò di avvicinarsi, ma il soldato a quel punto alzò il fucile e lo puntò su Hannah.

Joseph si fermò. Anche Sarah si arrese. Uscì in silenzio, prese la mano di Hannah e andarono via.

Hannah non disse una parola. Da quella sera in cui Jacob era stato portato via, non parlava più.

Passarono alcuni giorni. Joseph aveva chiesto aiuto a tutti i suoi amici e clienti ariani. Cercava informazioni su questa clinica pediatrica per riprendersi suo figlio. Ma tutti avevano paura e rifiutavano anche di ascoltarlo. Solo un cliente, che aveva dovuto interrompere il rapporto con l'azienda di Joseph ma non era nazista, gli disse commosso: – Mi dispiace tanto, Joseph, Hitler non vuole ebrei e disabili nella sua Germania. Si faccia coraggio. Io non posso fare nulla. Nessuno ormai può più fare niente. Il nostro popolo io non lo riconosco. Questo regime divora le persone e i loro sentimenti. Si faccia coraggio e stia vicino a sua moglie. Mi dispiace per suo figlio, non lo aspettate più. Buona fortuna, Joseph.

Dopo alcune settimane bussò un poliziotto.

– Questa è per voi –. Consegnò una busta e andò via immediatamente.

Nella busta c'era un foglio bianco senza intestazione dove era scritto che Jacob era morto di polmonite. Basta. Nessun "ci dispiace" e neppure un "fatevi coraggio". Nessuna firma. Jacob non esisteva più.

Hannah conta le stelle

Hannah non andava a scuola da tempo ormai e non vedeva amici. Non ne aveva più. Nessuno l'aveva cercata da quando le era stato impedito di frequentare la scuola insieme agli ariani. Questa parola l'aveva imparata bene: "ariani". Erano tutti gli altri, quelli che potevano continuare ad andare a scuola, a prendere il tram, a possedere una bicicletta, ad amare un fratello, a entrare in un parco. Ebrei, una razza inferiore. L'aveva letto su un negozio che non accettava clienti ebrei. Quel giorno Hannah aveva pensato che gli ariani avevano bisogno di guardare la stella di David, che gli ebrei erano stati obbligati a cucire sugli abiti, per sapere che si trattava della razza inferiore. Altrimenti non avrebbero saputo distinguerli.

Ma questa cosa non la disse a nessuno: le era passata la voglia di parlare. Ogni volta che i suoi genitori le dicevano qualcosa lei li guardava, ma non le usciva nessun suono.

Le sembrava di non pensare quasi più. Era diventata pigra e voleva dormire spesso. Ma ogni volta che guardava le stelle in cielo si metteva a contarle.

Un giorno Joseph fece vedere a Sarah una cartolina della cugina Nora: era riuscita miracolosamente ad arrivare in Argentina e implorava Sarah di raggiungerla con la sua famiglia.

– Sarah, – le disse il marito – avevi ragione tu, dovevo darti retta tanto tempo fa… Perché non andiamo via di qui? L'Argentina è un bel posto, ci ricostruiremo una vita lì. Abbiamo Hannah, dobbiamo pensare a lei. Qui non ha futuro, non può neppure andare a scuola. Tu la vedi, sembra un fantasma, poverina. Ti prego, Sarah, andiamo via.

La moglie lo guardò come se fosse un estraneo che bisognava trattare bene per cortesia. – Non possiamo andare via. Qui c'è Jacob, non ci hanno ridato il suo corpo, io lo devo ancora seppellire. E se non fosse morto? Dobbiamo scoprire cosa gli è successo.

– Sarah, il nostro Jacob non c'è più, purtroppo. Adesso dobbiamo pensare a Hannah. Ti prego, cara, in Argentina staremo bene…

– Puoi andare tu con Hannah. Tanto non hai più il lavoro. Hai dovuto cedere agli ariani quello che un tempo non volevi lasciare. Ci hanno dato due soldi che ormai stanno per finire. Dovremo vendere questa casa per tirare avanti. Io posso trovare un'altra sistemazione… Andate voi. Quando avrò seppellito Jacob, vi raggiungerò.

– Non ti lascio sola, Sarah. Ti aspetteremo – le disse Joseph, anche se sapeva che il corpo di Jacob non sarebbe mai tornato indietro.

Un mese dopo, il 23 settembre 1941, Hitler decise che gli ebrei non potevano più andare via dalla Germania. Erano in trappola.

Il 16 ottobre era una sera di autunno mite e le stelle le si poteva contare perché il cielo era scuro scuro ma senza nubi.

Hannah non sentì il campanello, era intenta

a guardare fuori dalla sua finestra e a contare le stelle per Jacob, venti a venti, tutte. Da quando avevano portato via il fratello lo faceva in continuazione. Le contava e segnava i numeri su un quaderno, aspettando che Jacob tornasse. Non aveva mai creduto alla storia della polmonite, si ricordava benissimo che lei tutti gli inverni prendeva l'influenza ma lui niente, non si ammalava mai. Era più forte di quel che sembrava Jacob.

E se non aveva avuto la polmonite allora era vivo. E *doveva* tornare.

– Hannah, vieni, dobbiamo andare –. Papà Joseph aveva una voce dolce come non gli aveva mai sentito e un'espressione strana.

Aiutò Hannah a scendere dalla finestra dove era seduta e l'abbracciò forte come non aveva mai fatto. Tutto sembrava nuovo quella sera. L'aiutò a riempire una piccola valigia che le aveva regalato due anni prima, quando facevano le vacanze al mare e in montagna.

– Non dimenticare il quaderno delle stelle, Hannah, potrai continuare a contarle, vedr... –. «Vedrai» avrebbe voluto dire. «Vedrai bambina mia.» Ma non ce la fece. Sarebbe stata una bugia:

non avrebbe mai più contato le stelle Hannah, come Jacob. Si interruppe perché non voleva piangere, Hannah si sarebbe spaventata. Pensò che avrebbe voluto vederla crescere e diventare adulta. Pregò che accadesse. Nonostante tutto.

Sarah aveva fatto l'altra valigia, quella grande.

– Davvero posso portare il quaderno delle stelle, papà? – chiese Hannah. Il padre e la madre non sentivano la voce della ragazzina da tanto tempo.

– Certo che puoi, Hannah – rispose la mamma.

– Dove andiamo noi, ci sono le stelle? – volle sapere lei.

– Le troveremo, stai tranquilla – disse il padre.

– Bene, allora può darsi che Jacob ci raggiunga lì – concluse Hannah mettendo il quaderno nella valigia.

In mezz'ora furono pronti: tanto gli avevano concesso i tre uomini della polizia politica di Hitler venuti a prelevarli per portarli «in un luogo dove incontrerete altri ebrei come voi». Uscendo di casa, videro il figlio dei vicini che aveva aperto la porta incuriosito; la madre degnò appena Sarah di uno sguardo severo e senza dire una parola si affrettò a chiudere la porta. Erano ariani loro.

Émeline
Francia

Le persiane blu

Le persiane blu si aprivano ogni mattina alle sette nel palazzo di rue Lebouteux, vicino al parco Monceau. Erano le uniche colorate di blu in tutto il caseggiato, le altre erano di un verde spento, marcio; effettivamente non si poteva nemmeno considerare un colore, era solo una vernice passata a caso, e nessuno le notava quando si aprivano e si chiudevano, perché erano tutte brutte uguali.

Le imposte blu del terzo piano, invece, avevano un loro carattere. Un po', certo, perché erano diverse da tutte le altre, ma anche perché non si aprivano tutti i giorni allo stesso modo. Certe volte venivano dischiuse lentamente, svogliatamente.

Succedeva quando Brigitte la sera prima aveva fatto tardi per lavorare su un quadro e non l'aveva ancora finito, perciò non aveva voglia di sentire subito le voci della città che iniziava la sua giostra quotidiana. Altre volte le persiane blu si aprivano di slancio, con vigore, come per dare il buongiorno al mattino e alle altre finestre. Allora, o era Brigitte che magari aveva finito un quadro e si sentiva soddisfatta del lavoro, o Pierre che aveva riposato bene e aveva voglia di anticipare l'inizio della giornata. Poi c'erano giorni in cui le persiane si aprivano quasi ridendo, a singhiozzo: erano Pierre e Brigitte, allegri come bambini, che si davano il buongiorno alternando baci e risate. Infine, c'erano anche giorni in cui le persiane blu si aprivano e basta. Per dovere, per consuetudine, ma senza guardare fuori, perché era già troppo faticoso stare dentro. Succedeva infatti che Pierre e Brigitte litigassero e, orgogliosi com'erano tutti e due, non si rivolgevano la parola anche per una settimana, a parte i doveri verso la bambina. Era raro, in effetti, ma capitava.

Una volta l'amministratore del condominio, Fabienne Durand, aveva detto a Brigitte che dovevano dipingere le loro finestre come tutti gli altri. «Per avere l'uniformità che si confà a un palazzo d'epoca abitato da famiglie rispettabili.» Brigitte aveva riso. *L'uniformità* la considerava un'offesa, ma non l'aveva detto all'amministratore. E con gentilezza aveva risposto ferma che non se ne parlava. L'amministratore aveva un debole per Brigitte perché era la più giovane e bella delle inquiline. Ma non solo per quello...

«Suvvia, le si può perdonare un po' di stravaganza, è un'artista!» rispondeva ai condomini che gli chiedevano conto delle finestre blu. Poi confessava che stava scherzando e che avrebbe provveduto. Ma una volta si lasciò scappare un pensiero infelice: – Potremmo accettare la proposta della signora Brigitte e fare tutte le finestre blu! Starebbero bene, in fondo...

Lo disse una sera alla riunione di condominio rispondendo alla domanda della signora Dubois, che con voce rauca gli aveva chiesto se gli inquilini delle finestre blu si sarebbero mai decisi a dipingerle come gli altri.

Tutti guardarono l'amministratore come se fosse un infiltrato, uno che non c'entrava per niente con la riunione ed era lì a prendere in giro i presenti.

– Sta dicendo sul serio? – gli chiese l'inquilino del secondo piano, il notaio Morel, e già aveva disegnata sul volto la busta bianca con la lettera di licenziamento per monsieur Durand, amministratore di condominio della ditta Fabienne&Fabienne.

Quest'ultimo immaginò la lettera a caratteri cubitali e si affrettò a dire con un sorriso: – Era una battuta naturalmente. Trovo anch'io, ovviamente, che siano di cattivo gusto, così eccentriche. Ma passiamo ad argomenti più seri…

Ogni volta che spuntavano le finestre blu l'amministratore trovava sempre argomenti più seri da contrapporre. Li preparava prima. Era il suo regalo a Brigitte. Non lo aveva mai confessato a nessuno, nemmeno a sua moglie, ma anche lui era stato un artista da giovane: dipingeva, come Brigitte. Amava ritrarre le persone e con i suoi ritratti Fabienne metteva in risalto il lato oscuro dell'essere umano. Era molto giovane e i suoi quadri piacevano ai professori. Avrebbe voluto fare il liceo artistico Fabienne, ma sua madre e suo padre pensavano che il pittore non fosse un mestiere vero e poi gli artisti erano persone sconvenienti: lo spedirono a economia e commercio. Lui non era forte come Brigitte, a lui avrebbero potuto imporre finestre verde marcio. Brigitte era il suo riscatto. Quando se ne andava dalle noiose riunioni di condominio, diceva fra sé: «Anche stavolta le finestre resteranno blu!». Ed era come se alla riunione ci fossero stati anche i suoi genitori. Sconfitti pure loro.

Brigitte veniva da un luogo dove il mare aveva addomesticato la terra, la Bretagna. Lì tutte le finestre erano blu, ma non per uniformità: era il richiamo del mare. Più forte di tutto e di tutti.

Un giorno, Brigitte aveva appena dipinto le finestre della sua casa a Le Val André, un piccolo paesino dove abitava con il padre Serge e la madre Danielle. Era rientrata in casa perché voleva scrivere la solita frase: *Attenzione, vernice fresca. Non toccare per favore.*

Ma non aveva fatto in tempo. Pierre stava passando di lì con un gruppo di amici con i quali era in vacanza. Vedendo quel blu intenso delle persiane aveva detto: «Ecco! Questo è esattamente il colore che vorrei per le mie finestre a Parigi! Basta con quel verde spento color cacca! Fateci caso, è il colore simbolo della Bretagna, tutti hanno le finestre blu, mettono allegria, sono luminose. Così avrò il ricordo del mare anche nelle buie giornate invernali, a Parigi». Le sue mani si erano posate su quell'esempio di luminosità e la vernice fresca aveva fatto la sua parte. In quel momento Brigitte era uscita con il cartello pronto e aveva visto le mani azzurre di Pierre. Un coro di risate lo aveva seppellito.

Brigitte e Pierre si erano innamorati così, quel giorno di agosto del 1929. Fin da piccola Émeline aveva sentito quella storia raccontata a turno dalla mamma o dal papà. Non si era dunque stupita quando aveva visto che le sue persiane erano blu Bretagna, come diceva papà Pierre, diverse da quelle di tutti gli altri condomini. Erano anche gli unici ebrei del palazzo, ma fino al 1941 nessuno lo aveva notato. Abitavano in rue Lebouteux fin dal 1930 quando si erano sposati diventando i coniugi Samuel. E nel 1934 era nata Émeline.

La Bretagna divenne la meta delle loro vacanze,

questi erano i patti, altrimenti Brigitte non si sarebbe mai sposata e non sarebbe andata a vivere a Parigi. Lasciare il mare era stato un po' come abbandonare il grembo materno.

Brigitte era una pittrice. Disegnava il mare, lo dipingeva di blu, di verde, di grigio, di azzurro, di giallo. Il mare nei quadri di Brigitte non mancava mai. Raramente era azzurro, altre volte, come diceva lei: «Cambia colore perché è una metafora». Diventava bianco quando era il ventre della donna che custodiva un figlio, diventava giallo quando era una casa dove bambini di tutti i colori erano salvati da un elefante turchese, oppure era nero come il buio che avvolgeva gli occhi delle persone e le rendeva cieche.

A Émeline piaceva più di tutti quello in cui il mare era rosso e dentro c'era una grossa balena che mangiava il sole a pranzo, cena e colazione. Veramente a spiegare a Émeline il significato di quel quadro era stata Brigitte: lei, guardandolo la prima volta, aveva visto solo una massa rossa indefinita, dove, dentro, galleggiava una figura nera, ricoperta di strani serpenti gialli.

La mamma le aveva sussurrato che doveva

guardarlo piano e soprattutto dimenticarsi degli occhi normali e usare quelli speciali.

Le aveva detto: «Con gli occhi speciali puoi vedere le cose come sono fatte dentro, non solo fuori. Quando usiamo gli occhi speciali, ogni cosa che vediamo si trasforma e ognuno di noi scopre qualcosa di segreto che non aveva mai visto prima».

«Sì» aveva risposto Émeline, paziente. «Ma il sole dov'è mamma? Non hai detto che la balena mangia il sole?»

«Vedi quei serpentelli gialli? Sono i raggi del sole. Sono rimasti solo i raggi perché la balena ha mangiato tutto il sole, però quelli non le piacevano. Guarda la pancia della balena come è grande e tonda! Il sole è finito lì dentro. La balena è come un uomo che vuole divorare ogni cosa che desidera. Il colore rosso del mare rappresenta il desiderio.»

«Ma precisamente cosa vuole dire il tuo quadro, mamma? Perché l'hai fatto?» aveva chiesto candidamente Émeline.

«Perché volevo raccontare che noi uomini siamo ingordi di desideri. Ne facciamo delle enormi scorpacciate e poi diventiamo pesanti come la balena.»

Insomma, era «un quadro con i significati simbolici». Questo glielo aveva spiegato il papà.

«Che cosa sono i significati simbolici, papà?» aveva chiesto Émeline. Lei non si arrendeva mai: in fondo che ci stavano a fare i grandi se non per spiegare i misteri ai bambini?

«Ci sono opere nelle quali il pittore mette delle cose nascoste, che vanno cercate, indovinate» le aveva risposto Pierre. «Di solito i bambini sono più bravi in questo gioco. I grandi, se proprio vuoi saperlo, Émeline, fanno finta di capire, ma non è sempre vero.»

«Se è per questo, nemmeno io ci riesco, papà!» aveva ammesso Émeline.

«Ti ci abituerai. La mamma ti insegnerà a leggere le cose nascoste e a usare gli occhi speciali. Lei è un'artista, sa vedere anche le cose che per gli altri non ci sono.»

«Lo sapevo che la mamma aveva dei poteri magici, a volte sembra strana anche a me... Non sarà mica una strega?»

«Hai mai visto una strega così bella? Sembra

strana perché la sua attenzione è catturata da cose che gli altri non notano.»

«Piacerebbe anche a me. Imparerò, papà?»

Lui le aveva accarezzato i capelli. «Credo proprio di sì. Ma non ti dispiacerà se ti diranno che sei strana?»

Émeline ci aveva pensato un po' su. «No» aveva dichiarato infine, seria. «Basta che René sia come te. Che dici, papà, piaceranno anche a René le donne che sembrano un po' streghe?»

René

Le persiane blu del terzo piano avevano anche un altro turno di apertura oltre a quello mattutino. Puntualmente alle quattro del pomeriggio si aprivano, piano, timidamente, ma senza indugi.

E contemporaneamente si allargavano all'esterno anche quelle accanto, serie e tristi, ma puntuali.

– Ciao, Émeline. Hai finito i compiti?

– Mi manca un'operazione e poi ho fatto, e tu?

– Ho già finito. Scendiamo?

– Dammi cinque minuti e arrivo. A dopo, René.

René aveva nove anni, due più di Émeline, ed

era il suo fidanzatino. «Amici di cuore» diceva ridendo Brigitte. Ma Émeline non si scomponeva. Era come il suo papà, serena nella sua serietà inossidabile.

«Io e René siamo fidanzati. Adesso siamo piccoli, ma quando avremo vent'anni ci sposeremo. Se volete potete venire al nostro matrimonio. Ma poi andremo a vivere da soli.»

Papà Pierre non rideva più a sentirla parlare così. René si era affacciato un anno prima nella vita della sua bambina. E lei lo aveva preferito a lui. Non c'era niente da ridere. Era una cosa seria il dolore dell'abbandono: fino a un anno prima Émeline diceva che lei avrebbe sposato solo il suo papà.

Spesso nel pomeriggio i due bambini andavano nel cortile di casa e qualche volta la tata di Émeline, la dolce Amandine, li portava al parco Monceau. Scorrazzavano in bicicletta, oppure giocavano con altri bambini a nascondino, guardie e ladri e rubabandiera.

Poi un giorno le cose diventarono diverse, improvvisamente le persone cambiarono ed Émeline iniziò a non capirci più nulla.

Tutto cominciò una mattina di maggio. Era domenica. Quel giorno la primavera era ferma, il cielo sembrava un deserto, senza una nuvola, anche il vento riposava. Il sole era caldo: immobile e sereno, si specchiava sui marciapiedi che riflettevano una luce dorata. La luce si fissava sui rami degli alberi che correvano lungo i marciapiedi e lampi dorati rimbalzavano sui muri delle case con le persiane chiuse. C'era tanta luce, ma non era un giorno luminoso. Tutto sembrava muto: le strade, le case, le finestre, i marciapiedi.

Émeline era con Amandine. Il papà aveva detto che doveva andare fuori Parigi per lavoro, la madre doveva finire un quadro.

Arrivarono al parco e stavano entrando dal solito portoncino quando la mano di Amandine afferrò un braccio di Émeline, che si fermò guardando la tata e aspettando una spiegazione.

– Non possiamo entrare, mi dispiace tanto Émeline – mormorò indicando alla bambina un cartello bianco appeso al cancello.

Ai bambini ebrei è vietato entrare nel parco. Per Émeline quel cartello era come un quadro incomprensibile di sua madre. Che cosa voleva dire?

– Purtroppo vuol dire proprio quello che c'è scritto: che gli ebrei non possono entrare nel parco. E tu sei ebrea, Émeline.

– Ma guarda, c'è Bastien, e lì c'è anche Gustav, sono miei compagni di scuola. Non sono ebrei anche loro?

– Credo proprio di no.

– Vuoi dire che non sono uguali a me? Non siamo tutti ebrei? Tu non sei ebrea?

– No. Io sono cattolica. Ascolta, Émeline, neanche a me piace questo cartello, però non possiamo entrare. Torniamo a casa.

Per quanto Émeline cercasse una spiegazione, non le veniva in mente niente. Aveva la testa vuota.

– Ma perché gli ebrei non possono entrare nel parco? – chiese allora ad Amandine.

– C'è la guerra, piccola Émeline. Il nostro Paese è stato fatto prigioniero dai soldati tedeschi... Insomma, comandano loro, e i tedeschi non amano gli ebrei.

– E perché? –. Ci doveva essere un motivo. «Io non sopporto Bibiane e so il perché» pensava Émeline.

– Non c'è un perché. È così. Sono persone cattive –. La bambina sapeva che, quando Amandine non aveva più voglia di affrontare un argomento, in genere dava risposte secche che non contenevano spiegazioni. Voleva dire che le domande erano arrivate al capolinea e dovevano fermarsi. Così fece Émeline. «Però un perché c'è sempre» pensò «o almeno così dice il papà. Lo chiederò a lui».

– Questo è troppo! Anche i bambini adesso... Maledetti! Che siano maledetti! Vieni, Émeline, andiamo al parco, verrai con la mamma.

Amandine guardò la madre della bambina: in quegli occhi spalancati si leggeva un misto di paura e di sorpresa.

– Ma, signora... così rischia di compromettere la sua libertà e quella della bambina. È troppo pericoloso! Può andare incontro a una spiata, a una retata. La prego, non sia precipitosa, aspetti suo marito...

– Non voglio aspettare mio marito e non sono precipitosa! Dovreste essere voi, francesi di razza ariana, a farlo, a occupare il parco con i vostri bambini per dire basta a queste ingiustizie. Invece obbedite sempre. Io non voglio più obbedire.

Afferrò Émeline per un braccio e uscì.

Al parco c'erano ancora Gustav e Bastien. Poco più in là altre due ragazzine che Émeline non conosceva. Brigitte entrò decisa nel parco con sua figlia ignorando il cartello con il divieto. Le mamme di Gustav e Bastien si guardarono e iniziarono a parlare fitto fitto.

– Vai a giocare con i tuoi amici, Émeline – disse Brigitte alla bambina.

Émeline obbedì. Quel tono della mamma lo aveva sentito poche volte, ma le erano bastate per sapere che non ammetteva repliche.

I bambini accolsero Émeline sorridendo e iniziarono a giocare insieme a lei come se si fossero visti un minuto prima. Come se il mondo non fosse, nel frattempo, cambiato.

A un tratto, però, le madri di Gustav e Bastien chiamarono i figli per andare via.

Prima di uscire, una delle due si fermò. Per un attimo esitò. Fece dietrofront e andò da Brigitte.

– Mi spiace, signora. Non abbiamo nulla contro di lei e la sua bambina, ma non vogliamo rischiare di essere arrestate anche noi, qualora dovessero scoprirla nel parco. Mi lasci dire che lei sta rischiando restando qui... Mi dispiace. Arrivederci.

Brigitte non rispose. Si voltò verso Émeline. Era ferma in piedi, guardava Gustav e Bastien che andavano via e non sentiva niente. Era come se tutto stesse accadendo a un'altra persona, non a lei, non c'era ragione.

In quel momento arrivò Pierre. Amandine l'aveva avvertito perché era preoccupata per Émeline. Correva, si guardava intorno affannato. Afferrò Émeline e uscì dal parco. Poi cercò di portare fuori anche Brigitte, che non ne voleva sapere.

Cominciarono ad alzare la voce. Pierre all'inizio aveva parlato piano controllando i gesti e il tono per non attirare l'attenzione. Dopo poco però si spazientì e le sue parole diventarono comprensibili a tutti. Anche Émeline poteva sentirlo.

– Che cosa pensi di fare, Brigitte? Questo non è un palcoscenico per artisti rivoluzionari, questa è la vita, la tua, la mia e di Émeline. E tu la metti in pericolo. Non puoi fare la rivoluzione da sola. A Parigi ci sono i tedeschi e noi ebrei possiamo salire solo sull'ultimo vagone del tram. Te ne sei accorta? Hanno preso i nostri averi, gli ori, i soldi, te ne sei accorta? Non devono chiedere il permesso, sono i vincitori. Ma no, tu non ti accorgi di nulla, tu hai il tuo mare da disegnare. Lo vedi quel cartello? Sai che cosa significa? Che se non lo rispetti ti portano in prigione e non ne esci più. Sai che rischio hai fatto correre a tua figlia?

Nel sentire quelle parole le ultime due mamme rimaste al parco uscirono portandosi dietro le figlie.

– Ma non capisci che è assurdo tutto ciò? – rispose Brigitte indicando le due donne che se ne andavano –. Nessuno si ribella, la vita intorno a noi sembra la stessa, solo per noi è cambiata. Tutti qui vanno a teatro, al cinema, al ristorante, discutono di politica e di libertà, e poi permettono che dei bambini siano esclusi dal parco? Ma dove abbiamo vissuto fino a ora? Io non riesco più a sopportare tutta questa indifferenza...

– Non è indifferenza, Brigitte! È paura! Sì, tutti a Parigi e in Francia hanno paura. So che è un sentimento che tu non conosci, ma la realtà è questa! E faresti bene ad averla anche tu, la paura. Non ti rendi conto...

– Sei tu che non ti rendi conto, Pierre – reagì la donna. – Insomma, apri gli occhi! Ti stai comportando come un codardo, come tutti i francesi...

– Cosa ne sai tu di quello che mi succede? Vuoi davvero saperlo? Vuoi davvero sapere dove vado quando esco la mattina? Vado da mia madre, perché mi hanno licenziato, Brigitte! E sai perché? Perché sono ebreo. I giornalisti ebrei non sono degni di scrivere di Parigi occupata dai tedeschi, lo sapevi questo? Ebbene, è così – ammise smettendo di urlare. La sua voce divenne stanca. – Una settimana fa mi hanno detto che potevo restare a casa. Le disposizioni sono queste. Non ho avuto il coraggio di dirtelo. Per te è sempre come se non fosse accaduto niente. Sono mesi che le cose stanno precipitando e tu fai finta di niente. Io non so più che fare... Vado a casa di mia madre, sì. Lei mi dice di dirtelo e ogni giorno torno e vorrei farlo, ma tu sei sempre presa dai tuoi quadri e dalla tua rabbia contro i tedeschi e i parigini... Sai che da oggi tutti noi ebrei dobbiamo indossare una stella gialla, simbolo della nostra maledizione? Dobbiamo essere riconoscibili, individuabili, vogliono cancellarci, questo è chiaro. Ma tu dove sei, Brigitte? Bisogna che torni fra noi. La vita è cambiata. E cambierà ancora tanto. Negandolo non riuscirai a convincere te stessa che tutto è come prima. Non puoi farcela, Brigitte…

Pierre era esausto. Si abbandonò su una panchina lì vicino e iniziò a piangere sommessamente, in silenzio.

Brigitte sembrava diventata una statua di marmo, una di quelle che si trovano nei parchi vicino alle fontane.

Émeline andò ad abbracciare il padre. Poi corse dalla madre con il desiderio di proteggere anche lei. Le teneva le mani, quella sua immobilità le incuteva timore.

Pierre fu il primo a riprendersi.

– Sbrighiamoci, andiamo via di qui. Ci stanno guardando dalle finestre, chissà quanta gente abbiamo incuriosito con le nostre grida. Qualcuno potrebbe aver chiamato i gendarmi.

Prese la mano di Émeline e la portò fuori, poi, dato che Brigitte non si muoveva, prese per la mano anche lei. La donna lo seguì senza dire nulla.

Tornarono a casa e Brigitte si strinse a Pierre. Senza dire nulla, carezzando il suo viso con tenerezza, come fosse un bambino.

Émeline cercò la mano della madre, era felice di vedere i suoi genitori così vicini. Poi si sentì sola e andò a cercare René. Le persiane blu si aprirono e la testa di Émeline si affacciò sul mondo del suo cortile ancora una volta. Le persiane verdi di René erano chiuse. Émeline chiamò e René venne.

Aveva un'aria strana, parlava piano, non la guardava in viso.

«Che strano modo di fare» pensò la bambina. «Anche lui sarà ebreo? Sembra che abbia paura.»

– Anche tu sei ebreo, René? – gli chiese.

– No, ma tu sì.

– E allora?

– E allora mia madre ha detto che non è il caso di frequentarci, almeno per un po'. Dice che è pericoloso. Io non so il perché, ma devo fare come mi dice.

– Anche se non lo trovi giusto?

– Be', è mia madre. È una "grande". Sa sempre tutto. Se l'ha detto, un motivo ci sarà. Restiamo fidanzati, comunque, poi passerà.

– No – disse Émeline con orgoglio. – Non passerà. Io resterò sempre ebrea, e mi ricorderò che non mi hai voluto parlare perché avevi paura –. Chiuse le persiane e pensò che nessuno aveva le finestre blu in quel palazzo, solo loro che erano ebrei.

Cercò in tasca il suo portafortuna, una stellina d'argento che le aveva regalato la nonna. Non c'era più! Ma certo, il parco! Doveva tornare lì a cercarla. Assolutamente.

I genitori parlavano fitto in soggiorno e non si accorsero che Émeline aprì la porta e piano piano uscì.

Era sera e non c'era più nessuno al parco. Émeline entrò e cominciò a cercare la sua stellina.

– Hai perso qualcosa?

Di fronte a Émeline c'era un signore anziano, vestito elegante ma con le scarpe rotte e la giacca che pendeva tutta da una parte. Inoltre puzzava un po'. Il viso però era simpatico.

– Una stellina d'argento. È il mio portafortuna, la tengo sempre in tasca. L'hai vista per caso?

– No, mi dispiace – rispose il signore. – A proposito, io mi chiamo Jacques. E tu?

– Émeline. Scusa, ma adesso devo cercare la mia stellina...

– Giusto. Se mi lasci sistemare il mio letto, poi ti aiuto a ritrovarla.

Il letto? Che letto?

Émeline lo seguì con lo sguardo. Jacques si avvicinò a una panchina; dietro, i rami di un albero scendevano a terra fino a formare un riparo. Sotto quel piccolo nascondiglio c'erano dei cartoni e due coperte.

– Ecco il mio letto – disse Jacques.

– Vuol dire che dormi qui? Nel parco?!

– Sì, questa è la mia casa. D'inverno fa freddo e ho un altro letto, ma con la bella stagione si sta benissimo, Émeline.

– E non ti vede nessuno? Non ti dicono niente? Io sono ebrea e non posso neppure venirci più al parco. Tu non sei ebreo, vero? Altrimenti ti caccerebbero.

– Oh, se sapessero che sto qui mi caccerebbero comunque! Ma io di giorno non mi faccio vedere. Vengo qui alla sera per stare in pace, lontano dalle macchine, a dormire sotto le stelle. Mi dispiace se non puoi più entrare nel parco. Resisti,

Émeline, i tedeschi passeranno anche loro, solo le stelle restano sempre dove sono.

– Il mio papà ha una gran paura di loro. Sai che noi ebrei adesso dovremo mettere una stella gialla cucita sul braccio per essere riconoscibili?

– E tu non metterla, Émeline. Dai retta a me, è una trappola. Tu non sei diversa da qualunque altra bambina francese. Solo se metterai la stella potranno individuarti. Sono uomini furbi, oltre che cattivi.

– Ma se poi mi prendono? Se scoprono che non porto la stella e sono ebrea mi metteranno in prigione.

– E perché dovrebbero prenderti se non sanno che sei ebrea? Come fanno a distinguere una persona ebrea? Dalla stella. Dammi retta, è una trappola. Con la stella bene in vista, vi potranno portare via più facilmente. Non metterla, Émeline.

In effetti Jacques aveva ragione. Forse i tedeschi erano furbi oltre che cattivi. Émeline decise che non l'avrebbe messa.

– Ehi, guarda qui, questa stellina che luccica sulle foglie deve essere la tua.

– È la mia!! Grazie. Come hai fatto a vederla?

– Sono abituato alle stelle della notte – rispose Jacques.

– Adesso devo tornare a casa. Sai una cosa? Sono contenta perché almeno mi è rimasto un amico al parco, Jacques. Vuoi essere mio amico?

– Ne sono onorato, Émeline.

– Anche se sono ebrea?

– A maggior ragione – rispose l'elegante signore con le scarpe bucate.

La bambina più sola del mondo

Il giorno dopo Émeline si svegliò tardi. Quando si alzò, trovò la mamma e il papà in cucina. La madre stava cucendo la stella di David sulla giacca di Émeline. Erano silenziosi. Non come la sera prima, quando lei era rientrata di nascosto e li aveva sentiti discutere ancora. Il silenzio fino a poco tempo fa era un perfetto estraneo nella sua casa, ma da un po' Émeline ci stava facendo l'abitudine.

– No, io non la metto, mamma. Non voglio che mi riconoscano e mi portino in prigione.

– Il papà ha ragione, Émeline. Dobbiamo avere pazienza e sperare che i tedeschi vadano via al più presto. Intanto però dobbiamo obbedire.

È l'unico modo che abbiamo per sopravvivere.

– No, mamma! Ma non capisci? È un modo per riconoscerci e poterci prendere quando vogliono. Sono furbi i tedeschi.

– Basta, Émeline! – intervenne papà Pierre in modo brusco. – Non abbiamo chiesto il tuo parere, non puoi decidere tu, a sette anni, cosa è giusto e cosa non lo è. Cuciremo la stella sulla tua giacca e tu la indosserai. E questo è tutto.

– Va bene, papà – rispose la bambina. Ma continuò a pensare che stava facendo un favore ai tedeschi.

Il tragitto da casa a scuola fu una sofferenza per Émeline. Molti la indicavano come se si trattasse di un animale raro. Altri la evitavano, come se fosse pericoloso anche solo salutarla. Qualcuno però le sorrise e una signora strinse le mani a suo padre. Lui le fece un largo sorriso come se la conoscesse da tanto tempo. «Ma questo significa lo stesso che siamo diversi, papà» pensava Émeline. E non le piaceva nessuna delle reazioni che seguivano alla vista della stella gialla cucita sul braccio come un marchio.

A scuola andò meglio. Le sue maestre l'avevano

accolta con un sorriso più grande del solito, e anche i bambini non dimostravano di fare caso alla stella. Tutto sembrava normale ed Émeline si dimenticò della stella. Però, quando uscirono in giardino per la ricreazione, avvenne un fatto che rese Émeline la bambina più triste e sola del mondo.

A un certo punto entrarono due gendarmi nella scuola. Erano accompagnati da un soldato tedesco. Andarono a parlare con il preside e dopo cinque minuti uscirono. Erano accompagnati dal custode, Léon. L'uomo indicò ai gendarmi tre bambini, due maschi e lei, Émeline. Anche gli altri due avevano la stella cucita sul braccio.

Il tedesco indicò proprio Émeline e tutti e tre si mossero verso di lei. In quel preciso istante tutte le persone che erano vicino a Émeline scomparvero, si allontanarono frettolosamente mettendo fra lei e loro una distanza di almeno dieci metri. I suoi compagni facevano finta di niente, continuavano a parlare come se non avessero notato i gendarmi con l'ufficiale tedesco. Solo che lo facevano a una distanza di sicurezza dalla bambina con la stella gialla. Anche le maestre erano lontane, il loro sorriso era sparito. Émeline era sola.

Il gendarme le chiese in tono sgarbato nome e cognome. E la via dove abitava. Lei rispose e l'ufficiale tedesco scrisse qualcosa in un quaderno. Poi andarono dai due bambini con la stella gialla e fecero la stessa domanda.

I gendarmi e il soldato se ne andarono. Quando furono spariti, tutti si fermarono, smisero di parlare e di muoversi. Ma era un silenzio tanto diverso da quello che Émeline aveva cominciato a conoscere a casa. Alla mamma e al papà non mancavano le parole, avevano solo paura di pronunciarle. Nella loro vita le parole erano sempre rimbalzate dalla gioia alla speranza, dai progetti ai litigi e poi alle rappacificazioni. Ce n'erano sempre tante di parole, e altre ne nascevano per amore.

Con quella nuova vita le parole, l'atmosfera spensierata che le accompagnava, sembravano smarrite. Non c'era posto per la spensieratezza, ma solo per la paura e l'obbedienza alle nuove leggi razziali. Eppure Émeline le sentiva ancora nelle orecchie quelle belle chiacchierate in cucina la sera con la mamma, il papà e i loro amici, e sapeva che anche a loro mancavano; probabilmente le tenevano strette dentro, in attesa di poterle usare di nuovo. Nel frattempo si tenevano stretti loro, senza parole, ma con l'amore.

Quel giorno, però, nel giardino della scuola, era stato diverso. Sembrava che le persone avessero inghiottito una pietra. Ognuno taceva con la sua dose di paura da mandare giù, un macigno che li rendeva muti e tristi. In quel silenzio non c'era amore. Émeline non sarebbe voluta restare lì un minuto di più. Adesso sapeva. Sapeva che quella stella l'avrebbe resa sola.

Ripensò al suo amico del parco, Jacques, l'uomo con le scarpe bucate. Le aveva detto di voler essere suo amico anche se era ebrea. Lui non aveva paura. Così sembrava. Sarà stato vero? Diverso era diverso, lui si addormentava sotto le stelle. Voleva vederlo. Ma come fare? Jacques andava nel parco solo quando faceva buio.

Alle sette i suoi genitori erano in cucina. Sentì che parlavano del parco, che coincidenza.

– Lo so, Brigitte – diceva Pierre. – So che lo avresti fatto, amore. Se tu non fossi stata ebrea e avessi visto quel divieto per i bambini ebrei nel parco, ti ci saresti fermata a dormire per protesta, per solidarietà con gli esclusi, non ho dubbi. E forse sarei stato lì con te. Ma non è così. Siamo noi i diversi adesso. E io la capisco questa paura che hanno tutti quanti. I nazisti sono delle belve, non sono uomini, non conoscono pietà. Ora hanno cominciato i rastrellamenti… Mi hanno detto che portano gli ebrei di Parigi in campi di lavoro, come schiavi. Forse anche noi dovremmo andare via…

– Sai che io non vorrei scappare. Ma forse è l'unica cosa che resta da fare. Andiamo da mia madre, Pierre. In Bretagna è ancora abbastanza tranquillo. E se vediamo che anche lì è pericoloso potremmo raggiungere mio zio negli Stati Uniti…

– Non lo so, non vorrei peggiorare la situazione. Sto cercando di lavorare, mi fanno scrivere con uno pseudonimo e mi pagano bene gli articoli. Il direttore del mio giornale è stato generoso con me, poteva far finta di niente. Almeno qui abbiamo delle entrate certe. E poi la scuola di Émeline… Non so. Pensiamoci qualche giorno, va bene?

Émeline aveva sentito abbastanza. La madre aveva avuto una splendida idea! Andò in camera da letto dei genitori e spalancando le persiane blu provò piano a chiamare René. Le mancava, anche se non voleva più essere la sua fidanzata, ma lui non rispose. La ragazzina allora decise: scivolò fuori dalla porta silenziosamente, nessuno se ne accorse. In un attimo era fuori.

– E tu che ci fai qui? A quest'ora?

Jacques stava stendendo il bucato ai rami di un albero. Aveva lavato qualcosa alla fontanella del parco e lo appendeva all'aria calda della sera.

Émeline non sapeva cosa rispondere. Aveva deciso che avrebbe dormito lì con il suo amico per protesta, come avrebbe voluto fare la sua mamma. Ma doveva dire qualcosa di convincente a Jacques. Altrimenti l'avrebbe rispedita a casa.

– Oggi sono venuti i gendarmi alla mia scuola. Vedi? Ho la stella gialla, mia madre dice che bisogna portarla per forza, così mi hanno vista e mi hanno chiesto dove abitavo e con chi. Io ho risposto. Ma quando sono rientrata in casa, la mamma e il papà erano stati portati via. Una vicina mi ha detto di sparire perché sarebbero tornati a prendere anche me... Posso nascondermi qui con te? Hai un rifugio per me?

– Émeline, tu sei una bambina, non puoi dormire in strada.

– E tu allora?

– Per me è diverso, ci sono abituato ormai.

– Ma sono sola. Dove potrei andare?

– Non hai parenti?

– No, non ho nessuno qui.

Jacques rimase pensieroso per qualche minuto. – Senti, fermati per stanotte e poi vedremo, ok?

– Bene! Grazie, tu sei davvero un amico degli ebrei!

– Be', non esageriamo... Sono tuo amico, questo sì. Gli altri non li conosco.

Jacques prese dei cartoni e delle coperte togliendoli dalle sue cose. Poi si mise alla ricerca di un posto guardando fra le panchine vicino agli alberi. Ben presto scoprì un angolino riparato per Émeline.

Era tra un alto cespuglio e una panchina. Émeline quella sera dormì lì, sotto le stelle, con le coperte che le aveva prestato il suo amico. Si addormentò serena pensando che la sua mamma sarebbe stata orgogliosa di lei.

La mattina dopo Jacques la svegliò molto presto.

– Dai, bambina ebrea, tirati su, dobbiamo nascondere le coperte e i cartoni e lavarci prima che arrivino mamme e bambini. Qui passano presto per andare a scuola e qualcuna entra per far giocare il figlio per qualche minuto prima di portarlo in classe.

«Anch'io passavo di qui per andare a scuola» pensava Émeline. «Poi sono diventata ebrea.»

Si sbrigò e cercò di piegare le coperte fino a farle diventare piccole. Le consegnò a Jacques. Poi il suo amico l'accompagnò alla fontanella che Émeline conosceva benissimo (quante volte aveva bevuto da lì e fatto la fila per sciacquarsi le mani con gli altri ragazzini). Sul viso l'acqua era gelida ma la svegliò per bene. Giocarono a schizzarsi, Émeline pensò che era bello avere un amico come Jacques. Non era più sola.

– Ascolta, Émeline. Io vado a guadagnarmi da mangiare. Se vuoi seguirmi, vieni pure, divideremo il pane e il vino, cioè… solo il pane, in realtà.

Ma non dovrai starmi vicino, non sopporto chi sfrutta i bambini per fare il lavoro che faccio io.

Il lavoro di Jacques consisteva nell'allungare la mano chiedendo qualche spicciolo a chi gli passava accanto. Il suo posto di combattimento era in centro, vicino alla Torre Eiffel. Jacques aveva tolto la stella gialla a Émeline.

– Così non avremo sorprese – disse.

Appena gli spiccioli diventarono consistenti, Jacques li diede a Émeline e le disse di entrare nel bar e prendere due brioche e due bicchieri di latte. Émeline si divertiva: era stata due ore al parco a giocare e nessuno l'aveva guardata male.

Insieme mangiarono e bevvero il latte. Dopodiché Jacques tornò al suo posto.

Rimase lì fino all'ora di pranzo. Poi con altri spiccioli comprarono due panini e una bottiglia di vino rosso. E poco dopo lui riprese il lavoro.

Verso le cinque del pomeriggio chiamò Émeline, che al parco stava cominciando ad annoiarsi, e le disse: – Guarda qui, un signore che conosco mi ha dato cinque franchi! Sai che facciamo? Per oggi basta lavorare. Lì c'è una bellissima libreria, andiamo dentro e ti scegli un grande libro.

Scommetto che la mamma e il papà ti leggono le storie la sera, a letto.

La mamma e il papà! Ma come era possibile? Émeline non aveva più pensato a loro, se non la mattina appena sveglia. Saranno stati in pensiero? O magari erano partiti per la Bretagna senza di lei? Ma no, era impossibile. E poi non voleva tornare subito da loro, stava bene con Jacques. Le giornate passavano più in fretta che a casa. Non dovevano preoccuparsi, pensava Émeline, lei si divertiva tantissimo. Era certa che loro avrebbero capito. Specialmente la mamma.

Fabienne Durand

Mamma Brigitte e papà Pierre erano disperati. Avevano cercato Émeline dappertutto. Al giornale, il direttore aveva consigliato a Pierre di non denunciare la scomparsa ai gendarmi, perché essendo ebrei si sarebbero esposti alle retate che si susseguivano in quei giorni.

Pierre era andato anche al parco, alla scuola, da René, dalle amiche, ma niente. Nessuno aveva visto Émeline. Il direttore del giornale di Pierre fece pubblicare una foto di Émeline, senza il cognome per paura che si scoprisse che era ebrea. Scrissero il numero di telefono del quotidiano e i genitori ne appesero diverse copie in giro per il quartiere, pregando di chiamare qualora avessero visto la ragazzina.

Decisero che avrebbero aspettato la sera, poi sarebbero andati dai gendarmi. Erano certi che Émeline non fosse stata rapita, avevano visto la porta aperta e si erano resi conto che era uscita senza farsi sentire. Ma perché Émeline era voluta andare via? Brigitte e Pierre continuavano a chiedersi il perché di quella fuga.

Quella sera, alle sette, suonarono alla porta di casa. Brigitte corse ad aprire perché sperava che fosse la sua piccola Émeline. Ma erano i gendarmi. Le dissero di preparare due borse e di andare con loro. Erano ebrei, non potevano chiedere dove e perché. Non avevano diritti. Cercarono Émeline: nei loro fogli risultava che gli ebrei in quella casa fossero tre. Ne mancava uno. Non credevano alla storia della fuga e perquisirono l'intero palazzo. Ma Émeline non c'era, con grande sollievo dei genitori che speravano fosse in salvo. Alla fine li condussero via.

La sera dopo c'era una riunione di condominio.

Puntuale come un crisantemo a un funerale,

Fabienne Durand si presentò ai suoi condomini. La riunione finì e nessuno aveva parlato delle persiane blu. Incredibile, pensò l'amministratore. Così chiese: – Ho notato che non c'era all'ordine del giorno nessuna rimostranza per le persiane blu. Hanno finalmente cambiato colore gli inquilini in questione?

Silenzio. Nessuno osava dire la verità alla quale aveva assistito suo malgrado, perché i gendarmi avevano perquisito tutte le case per trovare Émeline.

– Ebbene? – chiese ancora l'amministratore.

– Erano ebrei. Sono stati condotti via ieri sera e non sono più tornati – disse la signora Dubois.

– E non credo che torneranno – aggiunse il marito.

Una fitta trapassò l'amministratore. Brigitte ebrea! Non lo avrebbe mai immaginato. Ma d'altronde da cosa si poteva capire? Era così bella e così francese. Sì, certo, il cognome Samuel del marito... ma non aveva mai fatto caso nemmeno a quello. Pensava a lei già come una morta. Sapeva che c'erano poche speranze.

– Hanno preso anche la bambina? – chiese.

– No. La piccola è scomparsa tre giorni fa, nessuno l'ha più vista.

– Come è possibile? –. Un'altra fitta attraversò il cuore di Fabienne. E così Brigitte era stata costretta ad andare via senza conoscere la sorte della figlia. Che sofferenza per lei. Assurdo. – Nessuno sa dove può essere la bambina? Quanti anni ha?

– Otto credo, forse meno.

– Voi l'avete cercata?

– Eh, no, cosa possiamo fare noi? È ebrea, dovevamo farci arrestare tutti secondo lei? – esplose il dottor Roux del quarto piano.

– Eh, certo. Ognuno deve stare al suo posto, è giusto – disse con grande convinzione l'amministratore.

– Non è mica colpa nostra se sono ebrei, no? Non le sembra? – ribatté Pascal Roux aggiustandosi i piccoli occhiali sul naso.

– Suppongo di no. Mi chiedo se debba essere considerata una colpa… Ma ha certamente ragione lei, dottor Roux – osservò Fabienne cercando di essere il più diplomatico possibile. Gli riusciva sempre più difficile. A un certo punto la signora Dubois si alzò e consegnò a Fabienne un foglio.

– Guardi, questa è la foto che il padre aveva fatto pubblicare sul suo giornale per ritrovarla. Pover'uomo…

Fabienne Durand ebbe la terza fitta. Stavolta più forte. Forse avrebbe potuto ancora fare qualcosa per Brigitte. Si alzò in fretta restituendo il giornale.

– Scusate, non vorrei essere insensibile ma devo proprio andare. Ci vediamo alla prossima riunione –. Poi, infilandosi la giacca, aggiunse: – Qualcuno di voi ha già avvertito la mamma della signora Brigitte? Dove abita esattamente?

– In un piccolo paesino della Bretagna, si chiama Le Val André. No, veramente non l'abbiamo avvisata.

– Tocca a me, allora. È chiaro. Qualcuno di voi mi scrive il nome della madre della signora Brigitte? O non lo conoscete?

– Oh, sì – rispose la signora Dubois con un mesto sorriso di circostanza. – Io una volta l'ho incontrata sulle scale e lei stessa si è presentata, è una signora molto elegante –. Scrisse su un foglietto il nome e il cognome della mamma di Brigitte e lo consegnò a Fabienne, ringraziandolo. – Meglio che la avvisi lei, sa? – aggiunse. – È l'amministratore, potrà fare una comunicazione ufficiale.

«Sai che sollievo per quella donna, vecchia strega!» pensò Fabienne. Ma, naturalmente, preferì non rivelare il suo pensiero e disse solo: – Dovere, signora Dubois –. Dopodiché se ne andò in fretta. La nausea cominciava a divorarlo.

«Il parco Monceau! Ecco dove l'ho vista. Ieri mattina sono passato lì davanti e lei era vicino alla fontanella… Sono sicuro che fosse lei!» si disse l'amministratore ricordando il ritaglio di giornale. Non gli era mai capitato di incontrare Émeline, ma dalla foto aveva riconosciuto i tratti di Brigitte, gli stessi capelli lisci, gli occhi tondi e curiosi. Intanto si dirigeva a passi svelti verso il parco. Erano le sette di mattina quando l'aveva vista, forse dormiva lì.

«Era troppo presto per stare nel parco da sola» rifletteva. «No, ora che ci penso non era sola: era insieme a un barbone…» Fabienne ricordò la scena. La bambina si lavava il viso schizzando il vecchio, sembravano amici.

«Ma come mai era lì?» si domandava mentre si dirigeva in tutta fretta verso il parco. «Dio, fa' che sia lei, almeno avrò fatto qualcosa per Brigitte...»

– Émeline! Émeline! –. L'amministratore iniziò a chiamarla, prima sottovoce, poi più forte. Lei lo sentì, ma aveva paura. Chi era quell'uomo? Anche Jacques sentì Fabienne, si alzò e andò da lui.

– Che diamine, non gridi tanto! La gente a Parigi è curiosa, lo sapeva? Questi non sono i tempi giusti per mettersi a urlare la sera. Chi è lei? – domandò Jacques, preoccupato che fosse della polizia.

– Io sono un amico della mamma di Émeline. Non ho mai conosciuto la bambina perché sono stato fuori Parigi per diversi anni – mentì l'uomo per non mettere in allarme il barbone. – Mi chiamo Fabienne Durand. E lei?

– Io sono un amico di Émeline. Come sta la sua mamma, a proposito? Me lo dica prima che arrivi la piccola. Lei ha notizie?

Émeline li guardava da lontano, non aveva mai visto quel signore.

– Pessime notizie, purtroppo. Li hanno presi tutti e due. Sa, sono ebrei...

– Sì, sì, lo so. Brutti assassini! Povera piccola Émeline. Lei sa se ha altri parenti? È qui da due giorni, ma non posso tenerla con me ancora a lungo. Non è il suo posto. Però non voglio che le accada niente...

– Nemmeno io. Mi creda. Come le ho detto, sono un amico di Brigitte, la mamma. Voglio portare Émeline dalla nonna in Bretagna, pare che lì la situazione sia più tranquilla. Qui è in pericolo: la stanno cercando, sapevano che la famiglia era composta di tre persone e non si arrenderanno.

– Lo immagino, quei fetenti vogliono anche lei, eh? –. L'uomo rifletté per un istante, poi proseguì: – Vorrei fidarmi di lei, ma capirà che di questi tempi...

– Ascolti, è l'unico modo per dare a Émeline una possibilità. Se fossi della polizia, non avrei certo bisogno di convincerla. Mi capisce?

– Come no. Ha ragione. Devo fidarmi. E sia. Émeline! Vieni.

– Chi è lui, Jacques? – chiese la bambina guardando Fabienne.

– È un amico della mamma. E vuole portarti dalla tua nonna. Ci vuoi andare?

– Nonna Danielle?!

– Sì – rispose Fabienne. – Ti sta aspettando.

– Oh, sì. E lì ci sono anche la mamma e il papà? Dicevano che volevano andare lì.

– Non lo so, piccola. Ma la nonna ti proteggerà. Ora vai con il signor Fabienne. Io mi fido di lui.

– Però mi dispiace lasciarti qui da solo, Jacques – disse la ragazzina.

– Émeline, io non sono mai solo. Ho le mie stelle, ricordi? E poi tornerai a trovarmi.

– Tornerò davvero, sai? Sei il mio migliore amico, ho solo te come amico ormai.

– Ora vai, piccola Émeline. Fabienne deve andare.

– Sì, dobbiamo andare – confermò Fabienne guardandosi intorno per paura che qualcuno li notasse e chiamasse i gendarmi.

Émeline cercò nella tasca della gonna. Prese la sua stellina e la diede a Jacques.

– A me ha già portato fortuna, – gli disse – adesso tocca a te. Per favore, conservala. Così sai che io tornerò da te.

Al sicuro

Brigitte e Pierre erano nel campo di Drancy. Da lì gli ebrei venivano portati ad Auschwitz, ma loro non lo sapevano. Un giorno Brigitte ricevette una lettera. Era del suo amministratore. I nazisti aprivano tutte le lettere, perciò il contenuto doveva tenere conto delle spie.

Fabienne aveva scritto:

Gentile signora Brigitte,

in qualità di amministratore della proprietà che le compete mi preme dirle che le sue persiane blu resteranno tali. Ho convinto i condomini che sia la soluzione migliore. Le comunico anche che ho sistemato personalmente tutte le cose che la riguardano.

Non stia in pensiero per ciò che ha lasciato, anche quello che sembrava perso ora è al sicuro, nella sua casa natale.

La saluto con stima e amicizia,

Fabienne Durand

Pierre e Brigitte capirono immediatamente che parlava di Émeline e che la ragazzina doveva essere con la nonna a Le Val André, in Bretagna.

Si rasserenarono. Émeline era salva, e questa era la cosa più importante. Il giorno dopo partirono per Auschwitz, avevano due valigie. Entrambi vennero messi nella fila di quelli che avrebbero fatto subito la doccia. Quando a Brigitte dissero di scrivere il suo nome e cognome sulla valigia, lei scrisse solo: *Ti voglio bene, Émeline. Mamma.*

Dawid
Polonia

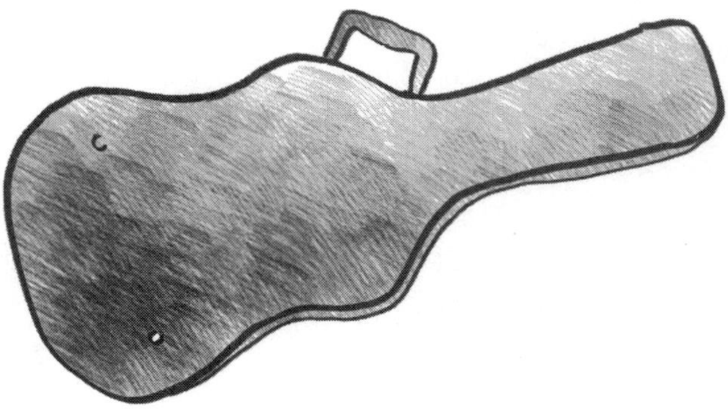

Il violino

– Dawid, ascolta bene. Voglio che resti nascosto qui e non ti muovi. Respira piano, nessuno deve sentirti. E qualunque cosa tu senta, qualunque cosa accada, mi devi promettere che resterai fermo al tuo posto. D'accordo?

– Ma perché, papà? Perché io devo stare nascosto in cantina e voi no? Se arrivano i tedeschi vi prenderanno.

– In questo piccolo nascondiglio entra solo un bambino, Dawid. Non entra neppure tua sorella Marja. Se non trovassero nessuno, i nazisti perquisirebbero la casa da cima a fondo e alla fine ci scoprirebbero. Adesso però non c'è tempo di discutere, Dawid. Stanno arrivando. Tu non muoverti ed esci da qui solo dopo tanto tempo che non senti più rumori. E quando esci, anche se noi non ci saremo, devi trovare il modo di fuggire dal ghetto. Quando sarai fuori, non prima, togli dal braccio la fascia bianca con la stella gialla e cerca di raggiungere il signor Jan Posnan. Abita in via Wawelska 25, una grande strada che costeggia il parco; forse lui potrà aiutarti. Raccontagli tutto, è medico come me, abbiamo lavorato insieme ed eravamo amici, anche se non ci vediamo da tanto tempo. Hai capito bene?

– Va bene, papà, farò come vuoi tu.

– Bravo, Dawid. Andrà tutto bene, qui non ti troveranno. A presto, figlio mio –. Lo abbracciò forte.

Poi si ricordò di una cosa, corse via e tornò con il violino.

– Tienilo con te, ti aiuterà nei momenti tristi e ti accompagnerà nei momenti felici, quando tornerà la gioia –. Dopodiché chiuse la botola che aveva ricavato nel pavimento, sistemò con cura i due strati di tavole di legno che la ricoprivano, spostò le botti di vino che erano davanti e salì le scale di corsa verso la porta di casa. Aveva sentito i passi dei tedeschi.

Dawid attese. Udì tanti rumori provenire da sopra, ma soprattutto le urla dei nazisti. Non gli arrivavano le voci del padre, della madre e della sorella Marja. A un certo punto vennero gli spari. Li aveva uditi spesso da quando i tedeschi avevano chiuso tutti gli ebrei della città di Varsavia nel ghetto. Aveva visto un sacco di gente morire da che i nazisti avevano invaso la Polonia, nel 1939. Ammazzavano senza pietà: uomini, anziani, donne e bambini; era capitato che uccidessero delle persone davanti a lui, conosceva bene la ferocia di quegli uomini. I tedeschi non si curavano dei morti e certe volte i cadaveri restavano in strada. La puzza era insopportabile, poi era arrivato l'inverno e con il gelo la situazione era migliorata. Ogni tanto compariva un camion che portava via i corpi morti dalle strade: era la polizia ebraica che obbediva agli ordini del comando tedesco; si raccontava che venivano gettati in una buca scavata nella terra, fuori città, tutti insieme, senza un saluto. La terra li ricopriva e tutto finiva lì.

Che freddo faceva quell'inverno del 1942 a Varsavia! Dawid non ricordava un inverno così gelido. Anche i tedeschi dovevano avere freddo perché erano ancora più nervosi e quando si arrabbiavano sparavano ancora di più. Certe volte anche a caso, tanto per muoversi un po', per riscaldarsi, colpivano i passanti e poi si divertivano a contare quanti ne avevano presi.

Nel piccolissimo nascondiglio scavato dal padre in cantina Dawid rimaneva immobile. Aveva undici anni e sapeva bene che quegli spari avevano ucciso qualcuno. Ma non ebbe neppure il tempo di preoccuparsi per i suoi genitori e per sua sorella, perché li sentì arrivare. La paura lo pietrificò. Sfondarono la porta della cantina e lo chiamavano per nome. Sì, pronunciavano proprio il suo nome. Erano precisi i tedeschi, erano dei becchini ordinati, pensò Dawid che non perdeva mai il suo senso dell'umorismo. Di ogni casa in cui andavano a prelevare gli ebrei i nazisti conoscevano tutti i componenti della famiglia. Stavano giocando con lui, si divertivano perché erano certi di trovarlo. Giocavano al gatto con il topo e in effetti Dawid in quel momento si sentiva proprio un topo.

Però non si mosse, e anche se avesse voluto le sue gambe erano paralizzate. Non sentiva più neppure il rumore del suo respiro, forse aveva smesso di respirare. Forse era morto e non se ne era accorto.

I soldati continuavano a chiamarlo, si stavano spazientendo. Erano sopra la botola, stavano praticamente camminando sulla sua testa.

Avrebbero potuto sentire lo scricchiolio di una tavola e capire che lì sotto c'era un nascondiglio. Ma il padre aveva rinforzato il pavimento dove c'era il vuoto, aveva fatto un lavoro perfetto e Dawid sperava di poterglielo dire, un giorno.

Non c'era tempo di cercare ancora, l'ufficiale che era rimasto di sopra richiamò i suoi soldati. La retata di ebrei era finita, i tedeschi se ne andarono, forse a fare il loro dovere in un'altra casa. Ma Dawid non si mosse. Li sentiva ancora camminare sulle scale del palazzo, altri spari, altre urla. Poi più niente. Nessuno piangeva, nessuno si lamentava. Nessuno urlava. Silenzio.

Dawid non usciva. Ricordava la raccomandazione del padre, e aspettava. Tanto e tanto tempo. Si sentiva soffocare ma non usciva. Trascorsero due notti, anche se Dawid non ne era sicuro. Era difficile avere la cognizione del tempo in quelle condizioni. La mattina del terzo giorno sentì delle voci provenire dalla strada. Decise di uscire: ogni suo rumore si sarebbe confuso con gli altri.

Però quando tentò di muoversi le sue gambe non rispondevano più. Cercò di massaggiarle, poi cominciò a muovere le dita dei piedi. Piano piano il suo corpo si risvegliò. Riuscì a spostare le assi e mise la testa fuori, era terrorizzato all'idea di incontrare i nazisti, infine si decise a salire.

Dawid resta solo

Aveva visto tanti morti negli ultimi due anni. Ma vedere in terra i suoi genitori e la sorella Marja era diverso. Non li avevano portati via, nei campi di lavoro come dicevano tutti, li avevano ammazzati. C'era il loro sangue sui divani e sulle tende, Marja aveva il volto irriconoscibile.

Dawid si sforzò di ricordare il viso della sorella. Non riusciva a metterlo a fuoco. Come era possibile? Lui *doveva* ricordare.

Erano in terra, indifesi, muti. Dawid avrebbe voluto essere lì con loro. Perché era vivo? Che male aveva fatto? Troppo dolore, non poteva sopportarlo.

E, infatti, non riusciva a piangere, si sentiva vuoto come un tronco d'albero scavato dentro, ma pesante, così pesante che non si muoveva più. Erano proprio loro? Fino a tre giorni prima aveva litigato con Marja, e poi avevano fatto pace ridendo della madre che non andava più dal parrucchiere da un anno e che con quei capelli sembrava una strega.

– Mamma, mi hai davvero lasciato solo?

Si lasciò cadere per terra e cominciò ad accarezzare la madre. Come sentì la guancia fredda e dura sotto le sue mani, iniziò a piangere, sempre più forte, singhiozzando senza riuscire a fermarsi. Quel viso gelido era la prova che la madre era morta davvero, non c'era più. Era solo.

Sarebbe dovuto andare via come gli aveva detto suo padre, tuttavia come poteva lasciarli? In qualche modo, se restava lì, era come averli ancora vicino, ma se fosse andato via li avrebbe persi per sempre.

Poi sentì un rumore, e l'istinto di sopravvivenza fu più forte di tutto. Dawid si nascose.

Entrò un bambino. Dawid lo riconobbe: abitava al quarto piano, si chiamava Piotr e doveva avere circa otto anni. Dawid non lo conosceva granché, era troppo piccolo per lui. E poi, per i suoi gusti, piangeva troppo.

Infatti, quando vide la mamma, il papà e la sorella di Dawid, il bambino cominciò a piangere forte.

A quel punto Dawid uscì dal nascondiglio.

– Stai zitto! – gli ordinò. – Possono sentirti e tornare.

Quando si riprese dallo spavento, Piotr fu felice di vedere Dawid. Forse erano gli unici abitanti del palazzo in quel momento.

– Allora sei vivo! Pensavo che ti avessero portato via – disse Piotr.

– Sono vivo, sì. Tu come hai fatto a salvarti? Dove sono i tuoi genitori?

– La mamma mi ha nascosto nella soffitta, sul tetto, lì non hanno guardato... Li hanno portati via –. Piotr ricominciò a piangere, sembrava inconsolabile.

Dawid era spazientito. Cosa ne avrebbe fatto di lui? Doveva portarselo dietro?

– Cosa farai adesso? – gli chiese.

– Non lo so – rispose Piotr. Poi con occhi

imploranti gli domandò: – Tu che farai? Posso stare con te?

– Dobbiamo riuscire a uscire dal ghetto. Altrimenti non ci salveremo.

– Ma come facciamo? – disse il bambino più piccolo.

– Non lo so. Ma è ora di andare. Tu seguimi e non dire una parola, capito?

– Sta' tranquillo, sarò muto.

Dawid baciò i suoi genitori e sua sorella Marja, prese il cappotto per sé e diede una sua giacca a Piotr: non potevano rischiare di tornare a casa di Piotr, meglio un po' di freddo che fare brutti incontri. Poi Dawid prese il suo violino e lo mise nella custodia nera che aveva lasciato dentro l'armadio.

– Perché te lo porti? – si stupì Piotr indicando il violino.

– Senza non vado da nessuna parte – rispose Dawid.

Lo strano corteo di musicisti

Impiegarono mezz'ora per arrivare al pianterreno dal terzo piano. Facevano tutto lentamente, guardandosi sempre alle spalle. Piotr era più sveglio di quanto Dawid avesse immaginato. Per fortuna.

Erano fuori, ma adesso? Era mattina e per il ghetto giravano diverse persone, quasi tutte sofferenti: le condizioni di vita erano ormai insopportabili. Non c'era più da mangiare, i poveri morivano di fame senza che nessuno nemmeno se ne accorgesse. In quell'inferno tutto era diventato normale, anche la disperazione.

A un certo punto apparve un soldato nazista con un poliziotto del corpo di guardia ebraico. I due bambini restarono senza fiato. Li guardavano pietrificati aspettando la loro reazione. I poliziotti ebrei potevano essere perfino peggiori dei nazisti. Non era strano, pensavano che la cosa più importante fosse sopravvivere e si illudevano che comportandosi in modo servile con i tedeschi questi li avrebbero risparmiati. Ma non era così: quando non gli servivano più, li uccidevano.

Il soldato tedesco parlottò con il poliziotto e poi questo si rivolse a Dawid: – Ehi, tu, sei un musicista?

Ricordandosi del violino, Dawid annuì. Non sapeva cosa aspettarsi, ma almeno non era ancora morto.

– E lui? – chiese il soldato indicando Piotr.

– Lui canta – improvvisò Dawid. – Fa il coro.

Il tedesco gli intimò di seguirli. Voltarono l'angolo di casa e lì c'era un gruppo di ragazzini, molti dei quali avevano degli strumenti musicali. Il nazista fece cenno a Piotr e Dawid di mettersi in fila con gli altri bambini del ghetto, tutti musicisti. Evidentemente li avevano reclutati per strada, o entrando nelle case. Chissà a cosa servivano, pensava Dawid.

– Mi avevi sentito cantare, Dawid? – chiese Piotr quando erano in fila con gli altri.

– No, perché canti davvero?

– Sì! Faccio parte di un coro di voci bianche.

– Non lo sapevo, ma è meglio così – concluse Dawid che cominciava ad avvertire i morsi della fame. In quel momento si ricordò che non mangiava da tre giorni. Si sentiva svenire, le forze gli mancavano, faceva freddo e camminare senza niente nella pancia non era il massimo. Poi il suo pensiero andò ai genitori e alla sorella morti e lo stomaco gli si chiuse di nuovo. Così riprese a camminare in silenzio. Probabilmente anche per Piotr era lo stesso, ma Dawid non gli chiese niente, non ci riusciva. Il dolore era ancora là, in agguato, però lui non poteva permettersi di piangere e disperarsi. Occorreva sangue freddo e controllo di sé per continuare a vivere.

Dawid non voleva suonare per i nazisti che gli avevano ucciso il padre, la madre e la sorella, doveva riuscire a fuggire. Sussurrò a Piotr di restare ultimo perché voleva sganciarsi da quel corteo. Ma erano scortati da tre soldati. Parlò con qualcuno dei bambini e gli spiegarono che stavano andando al cimitero cattolico, a est della città. Era morto un intellettuale tedesco che abitava a Varsavia da molti anni, un fedelissimo di Hitler, che aveva espresso il desiderio di avere al suo funerale un coro di bambini che cantassero le canzoni tradizionali polacche, così i tedeschi avevano reclutato i giovani musicisti del ghetto. Tutta mano d'opera a costo zero. Facevano la stessa cosa per qualunque lavoro dovesse essere realizzato in città.

No, Dawid non avrebbe suonato al funerale di un nazista; lui quel giorno avrebbe voluto suonare il violino per suo padre, sua madre, sua sorella. Avrebbe voluto suonare per raccontare con la musica il dolore che gli opprimeva lo stomaco e il petto. Raccontare con il suo violino i giorni che avevano trascorso insieme, l'armonia e l'amore che li tenevano uniti.

Dawid e Piotr si ritrovarono in coda. Senza guardarsi tenevano d'occhio la guardia tedesca che era dietro di loro a sorvegliare quello strano corteo.

A un certo punto uscirono dal ghetto e si lasciarono alle spalle il lungo muro che avevano costruito i tedeschi per rinchiudere gli ebrei, indegni, secondo loro, di vivere con gli ariani.

Fuori dal ghetto la vita tornò a scorrere davanti ai loro occhi proprio come l'avevano lasciata tre anni prima. Oltre il muro, dunque, le persone non avevano fame, non avevano freddo, non c'erano cadaveri per terra, non c'erano i soldati nazisti a ogni portone, non c'erano sciami di mendicanti malati di tubercolosi o di tifo che chiedevano l'elemosina, i militari non urlavano ai passanti e non gli sparavano tanto per divertirsi.

Qua e là i soldati nazisti parlavano con le persone e sembravano gentili. Fuori dal ghetto la gente rideva, c'era il mercato con tanta frutta, verdura e spezie colorate, collane e vestiti. E si sentiva la musica provenire dai bar e dai ristoranti. Sì, c'erano ancora i ristoranti dove le persone andavano a festeggiare i compleanni, esisteva ancora gente felice, esistevano gli uomini, le donne e i bambini, fuori dal ghetto. Nel ghetto c'erano solo gli ebrei. Puzzolenti, pieni di pidocchi, sporchi e malati. E sempre più poveri, perché giorno dopo giorno gli toglievano tutto.

Le piazze erano affollate, i negozi aperti. E nei

cortili delle case le persone erano affacciate alle finestre a stendere i panni. Dawid aveva dimenticato cosa significasse vivere normalmente: erano tre anni che non vedeva niente del genere. Lui non era stato più bambino dall'età di otto anni. Non aveva più potuto frequentare neppure la scuola di violino. Era stato suo padre a fargli da istruttore. Lui era medico, anche se in realtà avrebbe voluto fare il musicista; aveva studiato al conservatorio, ma poi i suoi genitori, e soprattutto il padre, medico di fama, avevano voluto che continuasse la tradizione di famiglia. Di scuole nel ghetto non ce n'erano più.

Gli ebrei erano degli animali, dicevano i nazisti. Non avevano diritto a essere istruiti. Era inutile per loro.

Dawid guardò Piotr: lui aveva smesso di essere un bambino a soli cinque anni. Da come si guardava intorno, a bocca aperta dalla sorpresa, si sarebbe detto che non ricordava una vita diversa da quella del ghetto. Povero Piotr. Era il primo sentimento di tenerezza che provava verso quel suo compagno di viaggio, rimediato un po' per caso.

A un tratto il soldato di guardia in coda al

corteo si distrasse con una ragazza che aveva chiesto un'informazione in tedesco.

Dawid si guardò intorno: notò un portone aperto. Il corteo di bambini musicisti svoltò in una via secondaria, mentre il soldato continuava a parlare con la ragazza che gli camminava vicino e sembrava non avere occhi che per lei. Era un'occasione da non perdere: Dawid afferrò Piotr per un braccio e rimase indietro. Un attimo dopo i due bambini si erano infilati dentro il portone.

– E se ci scoprono? – mormorò Piotr impaurito.

Dawid si sentiva grande, sapeva di avere in mano le redini della situazione e doveva dimostrare sicurezza per infondere coraggio al suo piccolo amico.

– Stai tranquillo, Piotr, quel tedesco non si è accorto di niente, e nemmeno gli altri bambini.

– E ora cosa facciamo?

– Restiamo qui per un po', per sicurezza, poi andiamo a cercare l'amico di mio padre che abita in via Wawelska.

– Sai dove si trova? Ci sei già stato?

– No, ma la trovo, non preoccuparti, Piotr. È

vicino a un grande parco. Ti porto al parco, non sei contento? Sei un bambino, no? – gli disse con un po' di sufficienza, facendogli capire che era ora di tacere.

Uscirono prima che venisse buio. Non sapevano se c'era il coprifuoco anche lì, erano ancora vicini al lungo muro che divideva in due la città. Sebbene il ghetto e la sua vita di stenti, in balia degli aguzzini tedeschi, sembrassero lontanissimi da lì. Dawid si ricordò le parole del padre e prima di uscire si tolse la fascia con la stella gialla sul braccio e fece fare la stessa cosa a Piotr.

Senza più la stella sul braccio, nessuno avrebbe potuto dire che erano ebrei. Erano solo dei bambini polacchi. Dawid iniziò a chiedere dove si trovasse via Wawelska e tutti gli rispondevano gentilmente. Chissà come avrebbero reagito i polacchi ariani se avessero avuto la stella di David al braccio, ma non poteva metterli alla prova.

Passarono vicino a un mercato; i contadini stavano togliendo le casse di frutta e verdura e presto sarebbero andati via. La fame era troppo forte ormai. Sia Dawid sia Piotr non si reggevano più sulle gambe. I due bambini videro delle persone che raccoglievano quello che i contadini abbandonavano, si avvicinarono e cominciarono anche loro a rovistare fra i resti del mercato, cercando di non dar fastidio a chi era arrivato prima. Fecero scorta di quel che trovarono e poi si fermarono in un angolo a mangiare: mele, carote, patate, di tutto. Piano piano riacquistavano le forze.

Dopo un'ora Dawid decise che era tempo di rimettersi in cammino.

La moglie di Jan Posnan

I due ragazzini attraversarono tante vie sconosciute. Dawid camminava stringendo il suo violino; non lo avrebbe mai lasciato, era la sola cosa che lo legava ancora al padre e alla madre. Glielo avevano regalato loro quattro anni prima, per il suo compleanno. Non avrebbero potuto fargli un regalo più bello. Da quel giorno non lo aveva mai abbandonato: dove andava Dawid c'era anche il suo fagotto nero. Che diventava più piccolo a mano a mano che cresceva. Quel violino era di valore: il padre aveva scelto il meglio per lui, anche a costo di intaccare i risparmi della famiglia.

Alla fine, stremati, i due bambini arrivarono

in via Wawelska 25, una strada che costeggiava un enorme parco, proprio come gli aveva detto il padre.

Dawid si fece coraggio e andò a suonare al signor Posnan. Era al pianterreno.

La porta non si aprì, ma sentirono dall'altra parte la voce di una donna che chiedeva: – Chi è?

– Mi chiamo Dawid e sono il figlio di Jakub Lewicka, vorrei parlare con il signor Posnan – disse a voce bassa. Era meglio non far sentire il cognome ebreo.

Silenzio. Nessun rumore dall'altra parte. Dawid capì che la donna stava valutando se aprire. Finalmente si decise e la porta si socchiuse lentamente.

– Mi chiamo Helena. Conoscevo tuo padre. Dove è ora?

– L'ho lasciato sul pavimento di casa nostra, signora. I nazisti lo hanno ucciso, insieme a mia madre e a mia sorella.

La donna li fece entrare, si accertò che non ci fosse nessuno in giro e richiuse la porta.

Si mise a piangere per la morte del padre di Dawid e poi raccontò che anche suo marito, il signor Posnan, era morto. Era successo nell'ospedale dove lavorava come medico: un giorno era arrivato un ebreo. I nazisti non si erano accorti di lui, lo avevano portato insieme ad altri lavoratori polacchi che erano rimasti feriti nel crollo di un palazzo, ma quando avevano scoperto che era ebreo non lo volevano più curare e avevano deciso di mandarlo via.

– Quell'uomo stava così male – raccontò Helena – che Jan, mio marito, non poteva permettere che fosse mandato via senza essere curato. Litigò con l'ufficiale tedesco e questo a un certo punto tirò fuori la pistola e uccise il malato e mio marito. Così, senza una ragione, solo perché secondo lui Jan gli aveva mancato di rispetto e perché aveva difeso un ebreo. Capisci, Dawid? Si muore per questo oggi a Varsavia... –. La signora Helena cominciò poi a intonare un canto, una nenia triste, e mentre cantava, piangeva e sembrava assente. Era lontana ormai. La morte così assurda del marito doveva essere stata per lei insopportabile. Evidentemente quando non riusciva a tollerare quell'idea se ne andava per conto suo, abbandonava tutti e restava lontano dal mondo rifugiandosi nella musica. Dawid vide il pianoforte e capì che la donna suonava.

Le chiese di suonare, lei non aspettava altro: il pianoforte le restituiva i momenti di quiete che aveva perso dopo la morte del marito.

Finito di suonare, Helena sembrò riacquistare la ragione. Focalizzò i due bambini e disse loro: – Io vi posso tenere qui fino a domani, poi dovrete trovare un altro posto. Mi dispiace, ma io non voglio morire come Jan –. Almeno era sincera, pensò Dawid.

Si addormentarono vestiti, Piotr sul divano e Dawid a terra, su alcuni cuscini.

Dormirono fino a mattina inoltrata. Helena li svegliò, con una ricca colazione. – Questo è quello che vi posso offrire, bambini – gli disse quasi scusandosi.

Era evidente che le persone che stavano fuori dal ghetto non sapevano niente della vita dentro.

Tutto era razionato per gli ebrei. A colazione era tanto tempo che Dawid non mangiava del pane con burro e marmellata. Pane, burro e marmellata non ce l'avevano neanche le più alte cariche del Consiglio ebraico, che pure godevano di tanti privilegi rispetto alla popolazione del ghetto. Anche se non sarebbe durata ancora a lungo: presto gli uffici amministrativi del ghetto sarebbero diventati inutili per i tedeschi.

E il pane? Dawid ricordava che sua madre lo faceva in casa, anche con le patate, e quello era il suo preferito. Tutto finito. In fondo, diceva spesso la mamma di Dawid, loro erano fortunati, c'erano tante persone che venivano uccise dalla fame.

I due bambini fecero un bagno caldo, anche quello era un ricordo lontano. Poi Helena li accompagnò alla porta.

– Che Dio vi protegga – gli disse la moglie di Jan Posnan prima di farli uscire da una porta di servizio che dava direttamente sulla strada. Gli aveva regalato due sciarpe e due berretti del marito, un gilet e una maglia di lana pesante, perché aveva notato che erano vestiti troppo leggeri per il freddo che c'era fuori. Infine, Helena gli aveva preparato due panini con la marmellata per la giornata. Poi si sarebbero dovuti arrangiare da soli.

Erano di nuovo in strada, con il freddo di febbraio.

– Cosa facciamo adesso, Dawid? – chiese Piotr che continuava ad avere il singhiozzo tanto si era ingozzato di pane.

– E come faccio a saperlo, secondo te? –. Quelle domande davano sui nervi a Dawid. – Spremiti anche tu – gli disse il ragazzo con impazienza.

– E se tornassimo al ghetto? – propose Piotr. – Almeno lì conosciamo qualcuno…

– Ma non l'hai ancora capito che vogliono ammazzarci tutti? Mio padre me lo ha spiegato chiaramente, per questo mi ha detto di togliermi la stella di David e di fuggire dal ghetto. Scordati che io torni lì.

– Allora andiamo al parco – propose timidamente Piotr.

Ecco, questa non era una cattiva proposta, pensò Dawid. – Mi è venuta un'idea, andiamo.

Piotr lo seguì docilmente.

Tereza

Il parco era aperto e i due bambini entrarono. – Tu canti e io suono – disse Dawid. Possiamo fare dei piccoli duetti e rimediare qualche spicciolo di złoty per mangiare. Se ci dovessero chiedere i nomi, non dire Piotr; da adesso in poi sarai Gustaw, e io Teodor. Ricordatelo, mi raccomando, perché i nomi ebrei si riconoscono e ci sbatterebbero di nuovo nel ghetto, nella migliore delle ipotesi.

Piotr era molto bravo a cantare. Conosceva tanti inni patriottici e canti tradizionali polacchi, che facevano sempre grande presa sulle persone. Quando Piotr doveva far riposare la voce, Dawid si divertiva di più perché non era costretto a suonare quelle insulse musichette polacche che si ascoltavano nei ristoranti per turisti invece della musica che piaceva a lui e al suo papà. Chopin soprattutto. Quando suonava, lui e il violino si fondevano in un unico cuore, un unico suono.

Appena cominciava a fare buio e le persone uscivano dal parco, i due bambini andavano a dormire. La stanchezza li assaliva all'improvviso e appena si sdraiavano si addormentavano. Avevano trovato, vicino al parco, un negozio abbandonato che doveva essere stato un piccolo ristorante.

Era ancora pulito e c'era l'acqua, così i due bambini dormivano lì e la mattina potevano lavarsi. Un vero colpo di fortuna, secondo Dawid; un letamaio pieno di pulci, per Piotr.

In effetti, dopo una settimana di quella vita i due bambini erano dimagriti molto, apparivano emaciati e spenti. Gli spiccioli di złoty che arrivavano nel cappello appartenuto a Jan Posnan erano sempre di meno. In fondo, le persone che passavano per il parco erano spesso le stesse e loro due non rappresentavano più una novità. Anche il loro repertorio era diventato ripetitivo. I primi giorni arrivarono a riempire il cappello, ma dopo una settimana gli spiccioli si contavano sulle dita di una mano. Avevano fame. Un giorno il piccolo Piotr, mentre cantava, svenne. La fame, il freddo, probabilmente la febbre lo avevano stremato in quei giorni sempre più rigidi.

Mentre un gruppetto di persone si era fermato per chiedere a Dawid se avesse bisogno di aiuto con il bambino che pensavano fosse suo fratello, lui sentì una donna che diceva ad alta voce: – Ma sei tu? Sei proprio tu?!

Il ragazzo si girò e vide una testa bionda. Una figura esile e minuta gli andava incontro con il viso preoccupato.

– Dawid, ma davvero non ti ricordi di me?

Ma certo, ora sapeva chi era la ragazza! La tata, la tenera e giovane Tereza che era stata per un anno con la sua famiglia. Tereza. Quando era arrivata, nel 1938, aveva solo diciannove anni e, più che una bambinaia, per Dawid e per Marja era stata una compagna di giochi e una confidente preziosa.

Tereza, però, era cattolica e per i nazisti era immorale che una persona di razza ariana prestasse servizio in una casa di parassiti di razza ebraica.

Era dovuta andare via e Dawid ricordava ancora i pianti della ragazza il giorno in cui si erano detti addio.

Tereza si rivelò anche molto pratica. Prima di dire altro a Dawid si chinò sul piccolo Piotr e cominciò a sfregargli le mani gelate, poi prese del pane che aveva nella busta, ancora caldo di forno, e glielo passò sotto il naso. Piotr si rianimò. Era affamato, afferrò il pane e cominciò a addentarlo con foga.

Tereza ne diede anche a Dawid, intanto Piotr si riprese e i passanti curiosi finalmente si allontanarono, così rimasero da soli.

Tereza fece sedere Piotr su una panchina con un altro pezzo di pane. Gli disse di mangiarlo piano perché gli avrebbe potuto fare male se erano tanti giorni che stava a digiuno.

– Caro Dawid, – disse Tereza prendendogli le mani – sono contenta di vederti, ma ho paura di domandarti perché sei qui da solo.

Dawid cominciò il racconto. E con Tereza non si trattenne, pianse come un bambino piccolo, tanto che Piotr, sentendolo singhiozzare, iniziò a farlo pure lui, in silenzio.

Anche Tereza piangeva, e quando smise la tristezza non le si cancellò dagli occhi.

– Dio li punirà per quello che stanno facendo, sono malvagi, e io voglio credere che non ci sarà perdono per tanta malvagità – commentò Terza con slancio. – Non potete continuare a vivere in questo modo – disse infine a Dawid. – Verrete con me, io ho avuto una piccola eredità da una mia zia e ho potuto comprare una casetta qui vicino. Non faccio più la domestica, ma mi arrangio con il cucito, sono diventata brava come sarta… Dobbiamo stare attenti però. Bisognerà inventare una storia per i vicini, che sono curiosi, e tu sai che Varsavia è piena di spie dei tedeschi… Nella mia casa girano tante persone per prendere le misure dei vestiti…

– Grazie, Tereza, sei tanto buona, proprio come ti ricordavo – mormorò Dawid. – Anche noi sappiamo che bisogna stare attenti. Abbiamo perfino cambiato nome: adesso ci chiamiamo Teodor e Gustaw, in realtà però lui è Piotr.

– Bene, – concluse la ragazza – facciamo così. Diremo che siete i nipoti di questa mia zia che mi ha lasciato in eredità la rendita e… anche voi due.

Diremo che siete fratelli, i figli di una sua cugina. Nel testamento della zia, così dirò, c'era una clausola che io avevo accettato: se vostro padre fosse morto, di voi mi sarei dovuta occupare io, perché non avete altri parenti vivi. Vostra madre è morta tanti anni fa. Tutto chiaro, Dawid?

Tereza aveva sempre avuto una fantasia fervida. Inventava delle favole bellissime ogni sera per far addormentare Dawid e Marja.

– Chiarissimo. Lo spiegherò io a Piotr, sta' tranquilla. Non so come ringraziarti... Rischi molto, i nazisti non hanno pietà di chi aiuta gli ebrei.

– Saranno cancellati anche loro, Dawid. Dobbiamo solo sperare che lo siano prima di noi, a questo punto! – disse Tereza con un sorriso per incoraggiare il bambino.

La vicina di casa

La casa di Tereza era veramente piccola. Oltre alla cucina e ai servizi, aveva tre stanze, una da letto per lei, una che aveva adibito a studio da sarta e un soggiorno, ma erano minuscole. Eppure ci stava tutto.

Fortunatamente aveva un divano letto nel soggiorno, così i ragazzi si sistemarono lì.

Non mancavano il cibo e il calore delle stufe. E Tereza non si arrabbiava mai.

La consideravano un po' un angelo e certe volte si chiedevano se fosse tutto vero o se si trovavano già in paradiso.

Si facevano anche un sacco di risate perché Tereza aveva il senso dell'umorismo e raccontava sempre un sacco di cose divertenti! Così, quando le signore che venivano a provare gli abiti se ne andavano, Tereza iniziava a imitarle, prendeva in giro il loro modo di fare o gli atteggiamenti da gran dame. Raccontava a Piotr e Dawid la vita delle signore che passavano da lei, e a volte era davvero impietosa.

Questo era un aspetto di Tereza che Dawid non conosceva proprio, ma non gli dispiaceva perché quelle risate lo mettevano di buon umore.

Un giorno suonò il campanello, ma non era la solita cliente di Tereza. Era una vicina, anziana e con piccoli occhiali spessi. Tereza la trattava con grande gentilezza, invece la vecchia non piaceva nemmeno un po' a Dawid. Era troppo curiosa, chiedeva sempre troppe cose riguardo a lui e a Piotr. E quando Tereza le spiegava la situazione, li guardava con aria scettica.

Quel giorno la signora Zofia andò a suonare con la scusa che le mancava lo zucchero per una torta. Dawid era sicuro che la vecchia fosse venuta per curiosare e perché voleva scoprire chissà quale segreto.

– Allora, giovanotto – disse la donna a Dawid

– so che hai studiato violino, ogni tanto sento suonare. Dove hai imparato?

A domande così difficili rispondeva sempre Tereza, che non li lasciava mai soli con nessuno. Tanto meno con Zofia.

Questo fatto irritava la vecchia signora.

– Eppure, giovanotto, mi sembra di averti già visto da qualche parte prima di oggi. Non è che suonavi il violino nei ristoranti di Varsavia?

– Nooo, scherza signora Zofia?! – trasalì Tereza. – Il padre di Teodor non l'avrebbe mai permesso. Era un cultore della musica classica, conosceva ogni autore e tutta la musica europea. Voleva che Teodor diventasse un musicista vero, non di quelli che suonano per i turisti…

– Davvero? E chi è il tuo compositore preferito? Lasciamo rispondere Teodor, però, Tereza cara.

– Amo Chopin, signora – rispose freddamente Dawid.

– Oh, Chopin, ottima scelta ragazzo – commentò con un sorriso la vecchia.

Ma a Dawid continuava a non piacere, la trovava falsa e affettata.

– E il tuo fratellino? Anche tu, Gustaw, ami la musica?

– Sì, signora – rispose lui.

– E tuo padre voleva che diventassi un cantante?

– Oh, no – rispose Piotr d'istinto. – Era mia madre che voleva. Mio padre odiava la musica!

Fu un errore imperdonabile, che la signora Zofia non si lasciò sfuggire. Era chiaro che quei due non erano figli dello stesso uomo. Tereza cercò di sdrammatizzare e Gustaw disse che si era sbagliato. Dawid scrutava la vecchia e intuiva che il suo cervello, per quanto piccolo, si era ormai messo in moto.

Infatti, il pomeriggio seguente tornò. Ora anche Tereza era nervosa per la sua presenza, ma non poteva evitare di farla entrare. Soprattutto ora che aveva dei dubbi sulla provenienza dei ragazzini.

Quel pomeriggio Zofia Cygan era irrequieta, sembrava cercare qualcosa in casa di Tereza. Con delle scuse entrava in tutte le camere. A un certo punto chiese di andare al bagno e non tornava più. Così Tereza e Dawid andarono a vedere.

La trovarono in camera di Tereza. Era entrata senza chiedere il permesso e stava guardando una foto sul comodino. Non appena vide la ragazza, la posò.

– Oh, cara, – si giustificò in tono lamentoso – tu mi perdonerai, sono così vecchia e sola che mi piacciono le foto in cui le persone che si vogliono bene stanno tutte insieme.

Non appena fu uscita, Tereza e Dawid andarono a guardare le foto sul comodino.

Tereza aveva lasciato in bella vista un ritratto di lei insieme alla famiglia di Dawid, nel 1938. Era stata scattata durante un pranzo. Era un'immagine gioiosa. Dawid ricordò che l'aveva fatta fare il padre per Tereza; era il suo modo di farla sentire parte della famiglia.

Dawid era più piccolo ma riconoscibile. Naturalmente Piotr non c'era.

Tereza emise un grido. Si portò la mano alla bocca come per trattenersi, ma ormai era tardi.

Si ricordò di aver confidato alla vecchia Zofia, i primi tempi che era andata ad abitare in quella casa, che era appena venuta via da una famiglia di persone ebree, alla quale era molto affezionata. Si ricordò di aver fatto con lei commenti sull'ingiustizia della guerra e dell'invasione tedesca.

Probabilmente adesso la signora Cygan aveva capito tutto.

Dawid e Tereza si guardavano. Non sapevano cosa fare. Cercarono di mantenere la calma e di riflettere. Non erano certi che Zofia avesse capito. In fondo aveva più di settantacinque anni, e certe volte la memoria faceva cilecca anche a lei. E poi perché avrebbe dovuto denunciarli? Forse potevano provare a parlarle? Tereza era convinta che, se avesse saputo la verità, la signora avrebbe capito… Dawid disse che forse per sicurezza sarebbe stato meglio che lui e Piotr andassero via per un po', in modo da non far correre rischi a Tereza.

Erano indecisi. La generosità di Tereza e il suo inguaribile ottimismo la inducevano a credere che la signora non avrebbe fatto la spia. E comunque c'era tempo per decidere.

Invece no. Non c'era più tempo. Dopo mezz'ora la Gestapo era alla porta di Tereza. Bussarono in modo gentile perché dopotutto era una persona ariana, anche se stava nascondendo due ebrei.

Tereza era in attesa di una cliente e pensò che fosse arrivata con cinque minuti di anticipo.

– Questa è la signora che stavo aspettando. Dawid. Mi sbrigherò presto con lei e poi decideremo il da farsi.

Si trovò davanti due uomini vestiti di nero. Parlavano polacco con accento tedesco.

Videro subito i due ragazzini.

– Lei si è macchiata di un'infamia, signora, peccato. Invece di dire a noi che due parassiti ebrei erano fuggiti dal ghetto, li ha nascosti nella sua casa. Sa che sono portatori di malattie? Tifo e tubercolosi, per non parlare dei pidocchi e delle pulci. Ora dovremo far sterilizzare la sua abitazione. Ma in ogni caso a lei non servirà più... Fortunatamente, lei ha dei vicini premurosi che sanno a cosa sarebbero andati incontro se avessero tenuto nascosta la presenza di due ebrei, e ci hanno avvertiti. Dei veri alleati. Prepari una valigia, venite tutti e tre con noi.

Andando via Dawid guardò verso la porta di Zofia Cygan. Non era aperta, ma nello spioncino gli parve di vedere quegli occhi a fessura che li guardavano andare via con soddisfazione. Doveva stare meglio dopo aver fatto la spia, la vecchia donna. Si sentiva a posto con la coscienza finalmente; aveva impedito una probabile rappresaglia contro tutti i condomini se i tedeschi avessero scoperto che nel palazzo si nascondevano due bambini ebrei. I nazisti erano molto bravi a fare in modo che i cittadini si sentissero al sicuro esercitando la propria meschinità.

Dawid uscì, insieme a Piotr e Tereza, con il suo fagotto nero sulle spalle.

Ringraziamenti

Desidero ringraziare Gabriele Eschenazi per la lettura e revisione del testo e per i consigli che ne sono seguiti; il dottor Werner Siekmeyer della Clinica Pediatrica dell'Università di Lipsia per le preziose informazioni; Clara Sibilla e Hannette Hermann del Goethe Institut di Milano per la gentile collaborazione.

Indice

Per approfondire l'argomento

Frank Anne, *Diario*. Torino, Einaudi, 2009.

Gold Alison Lesile, *Mi Ricordo Anna Frank*. Milano, Fabbri, 1997.

Hillesum Etty, *Lettere 1942-1943*. Milano, Adelphi, 1990.

Holliday Laurel (curatrice), *Ragazzi in guerra e nell'Olocausto*. Milano, Tropea editore, 2008.

Il diario di Dawid Rubinowicz. Trad. Lucentini F.; Paolucci I. Torino Einaudi, 2000.

Laskier Rutka, *Diario*. Milano, Bompiani, 2008.

Levi Lia, *Una bambina e basta*. Roma, Edizioni E/O, 1994.

Levi Lia, *Che cos'è l'antisemitismo.* Milano, Il Battello a Vapore, 2006.

Levi Primo, *Se questo è un uomo*. Torino, Einaudi, 2005.

Loewenthal Elena, *L'Ebraismo spiegato ai miei figli.* Milano, Bompiani, 2002.

Malini Roberto, *Le 100 Anne Frank - I diari mai scritti.* Milano, Cairo Editore, 2006.

Schneider Helga, *Heike riprende a respirare*. Milano, Salani, 2008.

Chi è Daniela Palumbo?

Daniela a sei anni

Nella mia numerosa famiglia ero, ahimé, l'unica femmina. I miei cugini (e mio fratello) erano irrimediabilmente maschi. Non solo: ero anche la più grande. Quindi dovevo dare il buon esempio. Il peso di quella responsabilità mi ha segnata...

Verso gli otto anni, la ribellione. I giochi da maschio mi affascinavano e volevo farne parte. Se i ragazzi giocavano a pallone mi offrivo di fare il portiere, se giocavano a carte (tresette con il morto) io aspiravo a diventare il morto, se giocavano a guardia e ladri io ero la guardia. Poi accadde l'irreparabile: i cugini diventarono grandi e io non servivo più. Fu un duro colpo, ma la scrittura mi ha salvata. Il mio diario segreto, che si chiamava Kitty, diventò la mia amica del cuore... almeno eravamo in due!

Scrivevo e leggevo. Il mondo di storie maschili era a fumetti e io mi perdevo nelle nuvole parlanti di Tex, Zagor, Topolino e tanti altri. Divoravo anche le favole, storie di principesse e di baci dati dai principi azzurri, però non facevo pubblicità alla cosa, perché i miei cugini mi avrebbero strapazzata per bene!

Daniela Palumbo

Quando arrivai alle medie, però, avvenne un altro passaggio epocale: capitai in una classe di femmine. Destino ingrato. Con le mie compagne ero asciutta e riservata, modello maschile, loro erano il contrario di me. Ma mi adoravano. L'amicizia, però, sbocciò quando cominciai a scrivere storie d'amore lunghissime. Ci passavamo il quaderno delle storie sotto il banco durante l'ora di matematica. Diventai la loro scrittrice preferita. Inventavo su richiesta! Tutte desideravano un principe azzurro. Io mi nutrivo di scrittura e mi sentivo responsabile dei loro sogni. Intanto perdevo volentieri la lezione di matematica.

E ora? Be', il mio affetto e la curiosità per l'universo maschile è intatto, ma quel senso di responsabilità che gli adulti trasmettono alle *piccole donne* l'ho rivalutato: aiuta a partecipare alle gioie e ai dolori del mondo… insomma, meno male che sono nata femmina!

Venite a trovarmi sul mio sito:

www.danielapalumbo.altervista.org

Chi è Clara Battello?

Clara a un anno

Mi hanno chiesto di scrivere una biografia, ma non sono molto brava né a parlare di me né a fare riassunti…
Ci sono un sacco di cose che mi piacciono: il profumo delle pagine dei libri, i gatti, mangiare schifezze, il colore rosa, fare la zia, ridere, cantare sotto la doccia, parlare, leggere, ma più di tutto disegnare.
Quando ero piccola adoravo disegnare, riempivo fogli su fogli e quando li finivo disegnavo sul muro, anche se mia mamma non era molto contenta!
Dopo aver ridipinto le pareti della cameretta varie volte ed essere cresciuta un po' (ma solo in altezza) sono andata in una scuola dove ti insegnano a disegnare.
Non è per niente facile, ho studiato un sacco e ci sto ancora provando… ma prima o poi imparerò. Intanto ora ho una casa tutta mia dove posso allenarmi ancora a disegnare… anche sui muri se finisco i fogli!

Clara Battello

Clara con i capelli ros